C. H. Guenter

U-77:
Gegen den Rest der Welt

Roman

Ullstein

Besuchen Sie uns im Internet:
www.ullstein-taschenbuch.de

Umwelthinweis:
Dieses Buch wurde auf chlor- und säurefreiem Papier gedruckt.

Ullstein Verlag
Ullstein ist ein Verlag der Ullstein Buchverlage GmbH.
1. Auflage Juli 2003
2. Auflage 2004

Umschlaggestaltung: Buch & Werbung, Berlin
Titelabbildung: Viktor Gernhard
Gesetzt aus der Sabon
Satz: KompetenzCenter, Mönchengladbach
Druck und Bindearbeiten: Ebner & Spiegel, Ulm
Printed in Germany
ISBN 3-548-25727-5

1

Norwegen
22. Mai 1941

Der Admiral von der Seekriegsleitung Nord/Oslo rief nachts bei dem Fliegerführer in Trondheim an. Noch einmal forderte er dringend Seeaufklärung im Gebiet zwischen Island und Grönland.

Der Flie-fü Nord, als Oberstleutnant im Rang weit unter dem Admiral, erklärte: »In den letzten Tagen sind ständig Aufklärer unterwegs gewesen.«

»Ergebnisse?« fragte der Admiral höhnisch.

»Keine. Wegen des schlechten Wetters. Ich habe sogar eine Viermotorige von meinen kostbaren FW-200-Condor-Maschinen verloren und acht Mann Besatzung«, jammerte der Oberstleutnant. »Alles erstklassige Leute. Unersetzbar.«

Daraufhin wurde der Admiral ungehalten: »Mich interessiert nur die Eis- und Wetterlage. Kommen Sie mir also nicht mit Verlusten. Einer der geheimsten Großeinsätze meiner Flotte steht auf dem Spiel.«

Mehr äußerte der Admiral nicht dazu.

Der Fliegerführer konnte sich jedoch denken, um

was es sich handelte, und er wollte nicht für ein Scheitern verantwortlich gemacht werden. »Ich habe noch ein frontklares Flugboot DO-18. Das schicke ich jetzt raus.«

»Kommt es denn bis zur Dänemarkstraße?«

»Es kann fünfzehn Stunden in der Luft bleiben, Herr Admiral. Einsatzreichweite 3500 Kilometer. 270 km/h.«

»Ich muß wissen, wo die britische Home-Fleet steht, und den Kurs der Geleitzüge«, fügte der Admiral noch hinzu. »Und ich verlasse mich auf Sie.«

Auf der Flugbootbasis Tromsø gab es mitten in der Nacht Alarm. Der Adjutant des Horstkommandanten weckte persönlich Major Kröger und seine Besatzung, den zweiten Piloten und den Funker. Bis die Flieger in ihre pelzgefütterten Kombis gestiegen waren, wurde draußen am Pier das große Motorboot mit den Batterien zum Starten der Flugmotoren angelassen. Im Laufschritt und mit am Gesäß baumelnden Fallschirmbeuteln rannten die drei Männer der Besatzung zum Anleger und sprangen in die Pinasse. Sofort raste sie durch die neblige Dunkelheit hinaus zum Liegeplatz der DO-18, einem zweimotorigen Flugboot. Erst hackten die Flieger das dünne Eis um den Rumpf der DO-18 auf, stellten dann die Kabelverbindungen für die Stromzufuhr her. Die Besatzung kletterte an Bord und nahm im Führerstand die ersten Startmaßnahmen vor. Hauptschalter, Vorwärmung. Einspritzung. Das Flugboot hatte Junkers-Dieselmotoren, die bei Kälte nur mühsam ansprangen. Damit dies besser gelang, hatte man dem Dieselöl zehn Prozent Benzin beigemischt. Nach minutenlanger Vorglühzeit brachte der Anlasser den ersten Motor zum Laufen. Der zweite ließ sich etwas mehr Zeit, aber endlich knatterten die 600-PS-Diesel mit schwarzem Auspuffqualm los. Die Piloten lasen die Instrumente ab, die Tanks waren voll bis zum Einfüllstutzen. Klarzeichen. Wir können starten. Drunten lösten die Motorbootleute die Leine von der Boje. Der Funker blinkte per Handlampe das Signal zur Flugleitung. Kaum waren die Motoren warmgelaufen, gab Major Kröger, ein erfahrener Pilot, Halbgas. Draußen vor der Mole bekam die DO-18 Startleistung und löste sich, da sie schwer beladen war, nach langem Anlauf mühsam aus der See. Die Maschine flog Kurs Island, etwas weniger als Nordwest. Wie üblich blieb sie im Tiefflug auf etwa zweihundert Meter Höhe. Niedrig segelnde, grauschwarze Wolken zogen vorbei. Der Funker gab seine Meldungen ab und begann mit der Navigationsarbeit an der Karte.

»Distanz bis Island 1400 Kilometer, Flugzeit sechs Stunden. Wir haben leichten Rückenwind.«

Bis Sonnenaufgang verlief der Einsatz ohne Vorkommnisse. Die Motoren liefen einwandfrei, nur die Außentemperatur begann zu sinken. Das Nordmeer unten war tiefblau, durchsetzt von schneeweißen Flecken.

»Keine Schaumkronen«, stellte der Major fest, »sondern Eisschollen. Sicht 3. Durchgeben.«

Vor der isländischen Küste zog ein Schiff seine Spur. Um nicht erkannt zu werden, hielt Kröger in eine Nebelwolke hinein. Als er aus ihr herauskam, erkannten sie die Packeisbarriere. Sie lag im diamantklaren Licht der aufgehenden Sonne. Nur das, was sie suchten, war nirgendwo zu sehen. Keine Spur von Kriegsschiffen der britischen Nordmeerflotte. Sie flogen noch siebzig

Minuten oder dreihundert Kilometer weiter, ohne auf Kontakte zu stoßen. Nahe Grönland gerieten sie in Schnee- und Eisregen. Die Temperatur sank immer tiefer. Damit der Dieselkraftstoff in den Tanks nicht zu Gelee wurde, schalteten sie die Tankheizung voll ein. Jetzt wurde heißes Kühlerwasser über Heizschlangen zur Erwärmung durch den Dieselkraftstoff geleitet.

Gegen Mittag, nach acht Stunden Flug, hingen sie über der Dänemarkstraße, wo die Geleitzüge von Kanada zu den russischen Eismeerhäfen durchkamen. Nebel versperrte jede Bodensicht. Sie gingen noch tiefer. Der zweite Pilot konnte jedoch nicht einmal im Fernglas etwas entdecken. Kopfschüttelnd wandte er sich an den Major. In diesem Augenblick begann in der Armaturentafel ein rotes Licht aufzuflammen. Es war die Reststandwarnleuchte, ein Zeichen, daß die Tanks zur Hälfte leergeflogen waren.

Kröger kaute seine Schokakola, die Wachhalteschokolade.

»Wir müssen zurück. Funker, geben Sie nach Tromsø durch: Uhrzeit, Standort. Gehen auf Gegenkurs.«

Obwohl ohne Ergebnis, wollte Kröger Maschine und Besatzung nicht riskieren. Für die restlichen tausendsiebenhundert Kilometer würde der Treibstoff ohnehin knapp ausreichen. Und dann machte der Funker noch eine Messung, die ihnen gar nicht gefiel.

»Gegenwind sechs Kilometer.«

Major Kröger brach noch ein Stück von seiner Einsatzschokolade ab, ließ sie langsam im Mund zergehen, packte das Steuerhorn fester und sagte: »So wahr uns Gott helfe.«

»Und den anderen«, fügte der zweite Pilot hinzu.

Tausend Kilometer vor Tromsø ließ Major Kröger dann noch einen Funkspruch absetzen. »Wegen fehlender Sicht Einsatz abgebrochen. Treibeisgrenze bis Färöer-Inseln. Keine gegnerischen Einheiten gesichtet.«

Trotz mangelhafter Aufklärung lief bei der Marine das Unternehmen »Rheinübung« an. Die *Bismarck* und die *Prinz Eugen* gingen Kurs Eismeer in See.

2

Eismeer
Ende Mai 1941

Die See lief von achtern auf. Mit Marschfahrt zwölf Knoten bewegte sich *U-77*, ein Boot vom Typ VII-C, auf Nordostkurs. Längst hatte es den nördlichen Polarkreis überschritten und näherte sich dem 70. Breitengrad. Das Wetter entsprach der Stimmung an Bord. Die Sonne schien, es war klar und sichtig. Die alte Dünung schien das Boot ruckartig voranzuschieben. Der Kommandant von *U-77*, Kapitänleutnant Volker Nemok, überließ seinem I WO die Wache und begab sich vom Turm in die Zentrale im Inneren des Bootes. Es war an der Zeit, daß er die Besatzung über den Einsatz informierte. Also nahm er das Mikrofon, räusperte sich den Hals frei und begann zu sprechen.

»Alles herhören, Leute. Ein Geheimeinsatz führt uns noch weiter in Polnähe bis zur Insel Spitzbergen. Dort gibt es eine Rollbahn für Landflugzeuge, die von den Russen durch Bomben zerstört wurde. Unsere Aufgabe besteht darin, die Landebahn herzurichten. Wir schütten die Bombentrichter zu und hinterlassen auf der

Insel eine Art Biwakstation, das heißt ein Zelt mit Proviant und mehrere Fässer Flugbenzin. Für den Fall, daß dort ein Aufklärer notlanden muß. Da oben in der Nähe des Nordpols herrschen auch im Mai minus zwanzig Grad Kälte. Kein Huhn gackert, kein Schwein grunzt, nicht einmal Unkraut wächst. Spitzbergen ist zwar eine bewaldete Insel, aber die Bäume werden nicht höher als zehn Zentimeter. Es sind Kriechgewächse. Wir werden Polarfuchs und Eisbären gute Nacht sagen können, aber als sportlich gestählte Männer, als Spitzenathleten hat man uns extra für solche amphibischen Land-Wasser-Operationen ausgesucht. Wir werden es also schaffen, bevor es uns schafft. Auch wenn es hart wird, denn noch nie war es am 80. Breitengrad menschenfreundlich. Vor uns waren Amundsen, Barentsz und Nobile hier. Und jetzt sind wir da.«

Damit war die Durchsage des Kommandanten beendet. Er stieg wieder hinauf auf die Brücke, wo er die Meldung des I WO entgegennahm. Inzwischen hatte sich das Wetter verschlechtert. Die Wellenberge wirkten plötzlich aufgesteilt. Vor der Sonnenscheibe entwickelte sich ein heftiges Schneetreiben mit irritierendem Streulicht.

»Da wünscht sich der Gentleman eine Zentralheizung an Bord«, bemerkte Nemok locker.

Nach dem Wachwechsel – der II WO übernahm – begaben sie sich nach unten zum Abendessen in die O-Messe.

Es gab wie meistens Schinken mit Rührei. Eine weitere Spezialität des Kochs bestand aus Erbsensuppe mit Wiener Würstchen, was er abwechselnd in schöner Regelmäßigkeit auf den Tisch brachte. Niemand hatte etwas dagegen.

Volker Nemok, der Kommandant von *U-77* – obwohl er schon die Mitte der Zwanzig erreicht hatte, sah er noch immer aus wie ein Abiturient –, gabelte das Abendessen. Ab und zu, jedoch selten, sagte er mal einen Satz. »Da oben an der Polkappe liegt noch Schnee. Die Berge und Täler sind vereist.«

»Sie waren schon einmal da?« fragte der LI, Oberleutnant Wagner.

Nemok nickte. »Als Training für die Nanga-Parbat-Expedition.«

»War das vor der Olympiade, Herr Kaleu?«

»Zwei Jahre vorher. Und es endete ebenso schlimm wie mein Abschneiden im modernen Zehnkampf. Schlimmer kann es nicht werden. Man denkt immer, es wird schon nichts schiefgehen, aber es geht immer etwas schief.« Wider Erwarten begann er ausführlicher zu werden: »Wir saßen alle – auch die Sherpas, die eingeborenen Helfer – im obersten Lager wenige hundert Meter unter dem Gipfel. Ein Bergfreund von mir, der unbedingt der erste sein wollte, wagte den Aufstieg ohne Sauerstoff. Wir warnten ihn. Er ging zügig los. Ich beobachtete ihn im Fernglas. Doch plötzlich, beim Einstieg in eine vereiste Rinne, schien er wie erstarrt zu sein und lag da, reglos, als wäre er tot. Wir folgten ihm, um ihn herunterzuholen. Das rettete ihm das Leben. Wir aber waren dadurch so kaputt, daß wir am nächsten Tag den Schlußangriff der Hauptgruppe auf den achttausend Meter hohen Gipfel nicht mitmachen konnten. Unsere Rettung. Gegen Mittag verschlechterte sich das Wetter schlagartig. Schneefall. Fast alle der an der Expedition beteiligten Kameraden wurden an einem steilen Schneefeld von einer Lawine aus Eis und Geröll erschlagen. So blieb ich am Leben. Es war nahezu das schlimmste Erlebnis, das ich je hatte.«

Über das allerschlimmste sprach der Kommandant nicht. Es lag als oberster Brief auf einem Stapel von Post. Die Briefe kamen alle von Sonja, der Frau, die er über alles liebte. In sämtlichen Briefen vorher hatte sie von ihrer Liebe gesprochen, unverbrüchliche Treue geschworen und daß sie auf ihn warten würde. Und dann, kurz vor dem Auslaufen in Kristiansund noch dieser letzte Brief aus Warschau. Darin versuchte sie erst gar nicht zu erklären. Sie sagte nur, daß das Schicksal gegen sie beide sei und daß er sie vergessen müsse. Beigefügt war dem Brief eine gedruckte Anzeige auf Büttenpapier mit Goldrand: *Ihre Verlobung geben bekannt, Sonja Jablonski und General Baron Rolf von Lichtenau. Warschau, im Mai 1941.* Wenn er daran dachte, an dieses Schwein Lichtenau, kam es in ihm hoch, ätzend, als habe er Salzsäure getrunken. Es tat weh bis in die Knochen. Abrupt stand Nemok auf, ging in sein Schapp und warf sich auf die Koje. An Schlaf war nicht zu denken. Gegen diesen Schmerz half auch Morphium nicht.

Um den 10. Juni herum kamen im Dämmer der Mitternachtssonne die Inseln in Sicht. Die letzten dreihundert Meilen hatte sich *U-77* durch immer dichtere Eisschollen gekämpft. Dumpf wie ein malaysischer Gong schlugen sie gegen das Boot. Doch dann, als sie die Barentssee hinter sich hatten, meldete der Ausguck, daß im Norden Land in Sicht käme. Sie fuhren an den südlichen Inseln vorbei und durch die enge Svalbard-Bay die Einfahrt Storfjord. Ringsum war Eis, Felsen, Schnee. Stets das Echolot vor Augen, tasteten sie sich an eine Stelle heran, wo es möglich war, das Boot zu ankern und die Ladung an Land zu bringen. Der Flugplatz lag südlich der Siedlung Longyearbyen. In den nächsten Tagen räumten die Männer von *U-77* die Startbahn von Schnee frei und füllten die russischen Bombentrichter mit Schutt. Es war total vereist, sodaß sie alles erst aufhacken mußten. Dazu schürten sie Feuer aus den bleichen, rippenartigen Spanten eines gestrandeten Walfängers. Es war eine Arbeit, die die gesamte Besatzung Tag und Nacht und die Zeit dazwischen in Anspruch nahm. Zum Schluß bauten sie das Notzelt auf, schafften die 200-Liter-Fässer mit Flugzeugbenzin in die Nähe des Zeltes. Endlich gönnte Nemok seinen erschöpften Männern einen Tag Pause. Zum I WO und dem Leitenden sagte er: »Seeklar morgen früh. Dann eiern wir los.« Das Wort Sonnenaufgang ersparte er sich, denn die Mitternachtssonne ging ja kaum unter.

Am nächsten Morgen, der Diesel war schon angelassen, hörten sie das Brummen von Flugmotoren. Die Alarmsirene heulte durch das Boot, die Flakwaffen wurden besetzt. Rasch stellte sich heraus, daß es sich um eine deutsche Maschine handelte, um ein merkwürdiges Gerät zwischen Schiff und Flugzeug, ein Flugboot also. Das war eine DO-18. Sie landete mit dem letzten Tropfen Sprit im Fjord. Die Besatzung gab ein Blinkzeichen herüber. Der Kommandant der DO-18 bat um Abholung. Als der Major an Bord war, stellte sich heraus, daß bei der Nachschubeinheit großer Mist gebaut worden war. Jetzt gab es zwar Benzinvorräte auf Spitzbergen, aber keinen Dieselkraftstoff.

»Die sitzen nicht nur auf ihren dicken Ärschen, die sitzen auch auf ihrem verdammten Hirn«, fluchte der Major. »Immer wieder haben wir die Probleme mit der geringen Reichweite. Weil wir nur bis dreitausend Kilometer von der Basis entfernt operieren können, war damals am 25. Mai für die *Bismarck* keine Vollaufklärung zu liefern. So fuhr sie in die Falle der Engländer. Aber reden Sie nicht darüber, das ist geheim.«

Der Major bat den U-Boot-Kommandanten, daß er ihm mit tausend Litern Diesel aushelfen möge. »Wir sind mit trockenen Tanks gelandet.«

»Wo müssen Sie hin?« fragte Nemok.

»Zur Flugbasis am Nordkap.«

»Wie weit ist es dorthin?«

»Etwa siebenhundert Kilometer.«

Nemok blickte seinen LI fragend an.

Wenn der Leitende Ingenieur eines U-Bootes sich nie von etwas freiwillig trennen würde, dann war es Treibstoff. Aber schließlich gelang es Major Kröger, an seine Kameradschaft zu appellieren. So rückte der LI doch dreihundert Liter Diesel heraus, die sie sofort umpumpten.

Immer wieder rechnete Kröger, daß ihm damit keine Reserve blieb, aber er war kein Mann von Traurigkeit und bot Nemok eine komische Geschichte: »Meine Urgroßmutter, eine schöne Dame von vornehmem französischem Adel, war Kurtisane am Hofe von Versailles. Von König Ludwig XIV. wurde sie ausgezeichnet, erhielt aber statt Perlen und Brillanten nur einen Orden.

Enttäuscht sagte sie: ›Danke, Majestät, immerhin besser, als auf die Hand geschissen.‹«

Kapitänleutnant Nemok verstand. »Das heißt also, wir haben Ihnen mit 300 Litern Diesel nur etwas mehr als auf die Hand geschissen.«

Wenig später startete die DO-18 wieder. Und auf *U-77* waren alle froh.

3

Moskau
Anfang Juni 1941

Der Konferenzraum lag hinter dem Büro des Generalsekretärs.

Im Zentralbau des streng gesicherten Kreml fand eine nächtliche Geheimsitzung statt. Anwesend waren der Verteidigungsausschuß, Männer des Politbüros, Generäle und Admiräle. Die brennende Pfeife im Mund, betrat Stalin das große, abhörsichere Zimmer. Normalerweise begann der Stabschef mit seinem Bericht, diesmal jedoch war der Generalsekretär der Kommunistischen Partei der Sowjetunion der erste Redner.

In seinem rauhen georgischen Tonfall erklärte er: »Es gibt Krieg, Genossen. Die Deutschen ziehen an der Grenze in Ostpolen die größte Armee aller Zeiten zusammen. Fünfzig Divisionen, Panzer, Artillerie, Bombengeschwader.«

»Und der Nichtangriffspakt?« warf General Schukow ein.

»Das kümmert diesen Hitler wenig.«

Wie üblich kam es zu einem Bericht über den Verteidigungsstand der Roten Armee. Die Panzer waren veraltet. Mit dem neuen T-34 war erst in zwei Jahren zu rechnen. Die Artillerie, zwar zahlreich, hatte nicht den neuesten technischen Stand.

»Einzig unsere Raketenwerfer, die Kajuschkas, sind der Zeit voraus«, erklärte einer der Generäle.

Um so schlechter stand es mit dem Zustand der Luftwaffe mit ihren langsamen Ratajägern und den noch älteren Doppeldeckerbombern.

Schließlich wandte sich der Staatschef an den einzigen Zivilisten der Runde. Es war ein kleiner, mickriger Typ vom Aussehen eines Lateinlehrers in einem Provinzgymnasium. Professor Sergej Bistrow erhielt das Wort. Wie üblich betonte der Wissenschaftler, daß er von chemischen Kampfmitteln wenig halte. Diese ganzen Gase, Grünkreuz, Gelbkreuz und Chlorgas, lehnte er wie immer ab.

»Mein Vater ist im Ersten Weltkrieg durch Chlorgas erblindet«, erklärte er.

Das brachte den unduldsamen Generalstabschef gegen ihn auf. »Reden wir hier über Moral oder über die Sicherheit des Vaterlandes, Gospodin?«

Dies glich einem frontalen Angriff. In seiner Not wandte sich der Professor an den Staatschef. »Kann ich Sie unter vier Augen sprechen, Genosse Generalsekretär?«

»Mißtrauen Sie uns?« fragten die Männer der Runde. Keiner mochte diesen arroganten Bistrow.

Doch Stalin nahm den kleinen Professor bei der Schulter und bugsierte ihn in sein Privatbüro.

Nun tat der Chemiker nicht mehr lange herum. »Ich bin da einer Sache auf der Spur, Genosse Stalin, einem physikalischen Phänomen. Wenn wir das Projekt durchziehen, hat es die tausendfache Wirkung einer normalen Bombe.«

»Sie meinen doch nicht etwa die Atombombe, Genosse Professor? Daran beißen sich schon die Deutschen und die Amerikaner die Zähne aus.«

Bistrow winkte ab. »Die nukleare Grundlagenforschung würde mehr kosten, als die ganze Sowjetunion in einem Jahr erwirtschaftet. Die Sache, die ich entdeckte, ist billiger und nahezu ebenso wirksam.«

Die Neugier des Georgiers war erwacht. Er steckte seine Pfeife neu an und senkte die Stimme. »Los, erzählen Sie, Sergej«, drängte er.

Freudestrahlend betrat der Professor sein Büro in der Moskauer Universität. Sofort wandte er sich an seinen Assistenten, Dr. Ernst Hagenski, einen in Berlin promovierten Spezialisten für anorganische Chemie. Der lange, dünne Deutsche, der eher an eine Hopfenlatte erinnerte denn an einen gestandenen Mann, hatte Deutschland verlassen, da Hitler ans Ruder kam und er stärker dem Kommunismus zuneigte als den Nazis.

»Wie Sie sehen«, erklärte Professor Bistrow und drehte sich eine Papirossa, »ich habe noch meinen Kopf. Er hat zwar gewackelt, aber ich werde ihn behalten. Und Sie auch. Ich habe Stalin in das Geheimnis eingeweiht, das ich enträtseln konnte.«

»Und das nicht einmal ich kenne«, erwiderte sein Assistent mit bitterem Unterton.

Der Professor machte sich Tee am Samowar. Während er schlürfend trank, den Kandiszucker zwischen den Zähnen, erklärte er: »Ich glaube, Gospodin, heute ist es so weit, daß ich Sie informieren muß.«

Einem roten Hefter, der auf seinem Schreibtisch lag, entnahm er etwa zehn maschinenbeschriebene Seiten. Dazu gab er eine kurze Erklärung ab: »Wie Sie wissen, bin ich leidenschaftlicher Historiker. Das ist mein Steckenpferd. Ich tauche gerne in Zeiten ab, die einige tausend Jahre zurückliegen. Bei dieser Gelegenheit fand ich die Aufzeichnungen eines deutschen Historikers, die zuerst in London erschienen sind, und ich habe sie aus dem Englischen ins Russische übersetzt. Nehmen Sie das Konvolut mit, machen Sie heute dienstfrei, fahren Sie nach Hause und lesen Sie es. Es wird alle Ihre Fragen beantworten.«

Dr. Ernst Hagenski verließ das wolkenkratzerähnliche Gebäude und schlenderte die Tschaikowski-Straße hinunter zum Fluß. Durch viele Militärfahrzeuge, wie vor einer Mobilmachung, herrschte starker Verkehr. Trotz leichten Regens ging er an der Moskwa entlang. Er beobachtete gerne die Angler, die Lastkähne und Schlepper. Nach etwa einem Kilometer bog er in die Leo-Tolstoi-Straße nach links ab. In den Häusern hinter dem Bolschoipark wohnte er. Das Mädchen, das seinen Haushalt versorgte, Natascha, eine stämmige Krim-Deutsche, warf die fetten Würste in den kochenden Borschtsch und servierte wenig später das Essen. Dazu gab es Blini, kleine Pfannkuchen. Als prominenter Wissenschaftler genoß der Chemiker den Vorzug einer Zweizimmerwohnung mit eigener Innentoilette. Nicht weil er gewöhnlich Wodka trank, sondern um seine Nerven zu beruhigen – in diesem Falle vor der Aufregung, elementare Neuigkeiten zu erfahren –, nahm er einen Doppelten. Mit dem Glas in der Hand legte er sich auf das Sofa am Fenster und begann in den Aufzeichnungen zu lesen:

Nacht lag über Persien, als er die Kunde erhielt. Der Priester brachte sie ihm.

»Dein Vater, der König, ist tot«, sagte der Priester.

Kambyses setzte den feinziselierten goldenen Becher ab, ohne vom roten Wein zu verschütten. Denn seine Hand zitterte nicht. Er blickte seine Freunde an. Die Höflinge, Soldaten und Gaukler.

Einer von ihnen trat vor und rief: »Sohn des Cyrus und der Kassandane, jetzt bist du König der Perser und Meder. Wir huldigen dir.«

Kambyses stand reglos vor ihnen und starrte mit glasigen Augen zur Decke des Palastes. Von gedrungener Gestalt und häßlich, eher schwach als stark, war er geboren worden, um dereinst König zu sein. Dennoch war er kein geborener König, wie alle glaubten.

Kambyses nahm die Kunde vom Tod seines Vaters so hin wie die Weissagungen der Priester, daß es noch in diesem Jahr einen Sommer geben würde – mit einem müden Schulterzucken. Er schlüpfte in die neue Herrscherwürde so achtlos, als ziehe er einen Mantel an.

Doch weil sie nicht aufhörten, ihm zu huldigen, hob er die Hand, bis im Palast Stille eintrat. Dann sagte er lächelnd: »Laßt uns tun, was wir uns vornahmen, meine Freunde, laßt uns in das Viertel der Freudenmädchen gehen.« Das war 529 Jahre vor der Geburt Christi.

Zuerst brachte König Kambyses seinen Bruder Smerdis um. Der Priester hatte aus dem Flug der Vögel pro-

phezeit, daß Smerdis versuchen würde, die Macht zu erringen, wenn der neue König den Kriegszug nach Ägypten antrat. So befahl Kambyses, junge Vipern zu fangen, grüne, die in der Wüste unter den Steinen lebten. Eine schöne Sklavin aus Griechenland wurde in die Nähe des Smerdis gebracht. Smerdis liebte hochgewachsene Frauen. In der ersten Nacht, die er mit der Sklavin verbrachte, ließ sie die Vipern aus dem Korb, ehe sie ging. Am Morgen, als seine Diener ihn fanden, war Smerdis schon blau. Er wand sich in Krämpfen.

Die Vipern hatten ganze Arbeit getan. Smerdis starb noch am selben Tag an ihren Bissen. Es war ein grausamer Tod. Da Smerdis wußte, wer sein Mörder war, verfluchte er mit seinem letzten Atemzug den König.

Sein Fluch half wenig.

Kambyses führte erfolgreiche Kriege. Er schlug den Ägypterkönig bei Pelusium. Dann eroberte er die Hauptstadt Memphis, wo er König Psammenit gefangennahm. Binnen sechs Monaten unterwarf er das ganze Land und zwang auch die Griechen von Cyrene und Barka, ihm zu huldigen. Selbst die benachbarten Libyer baten jetzt um seine Freundschaft. Vier Jahre nach der Übernahme der Herrscherwürde hatte Kambyses nahezu den Höhepunkt seiner Macht erreicht.

Da gab es eine blonde römische Priesterin, der er verfallen war. Eines Tages fragte sie Kambyses: »Willst du unsterblichen Ruhm ernten? Dann erobere Karthago.«

Der König hatte schon viel vom Reichtum der Karthager vernommen und beschloß, eine Flotte gegen sie zu senden.

Doch statt der Flotte der Tyrer, auf der die Seemacht

des Kambyses beruhte, kamen nur ihre Sendboten. Sie erklärten dem jungen König, daß sie sich weigern würden, gegen ihre Tochterstadt Karthago zu ziehen.

Kambyses ließ die Gesandten köpfen und gab den Plan zunächst auf. Doch in der Nacht sagte die schöne blonde römische Sklavin zu ihm: »Mitten in der Wüste steht der Tempel des Jupiter Ammon. Er ist ausgestattet mit unermeßlichen Schätzen und Kunstwerken. Wenn du dieses Land je erobern willst, Kambyses, mußt du seine Heiligtümer erobern.«

Der König antwortete: »Ich will an der Spitze meines Heeres gegen die Äthiopier ziehen.«

»Was hindert dich daran, zwei Heere aufzustellen?« fragte die römische Sklavin. »Ein Tempel ist keine Festung.«

Kambyses, an dessen Stolz immer noch nagte, daß er nicht in der Lage gewesen war, eine Flotte gegen Karthago aufzustellen, trennte von seinem Heer zehntausend Mann ab. Sie bekamen den Befehl, durch das große Sandmeer zu marschieren und den Tempel des Ammon in der Oase Siwa zu zerstören.

Während der Achämidenherrscher sein Heer nilaufwärts nach Äthiopien führte, drangen die zehntausend Mann nach Südwesten in das große Sandmeer vor. Sie hatten wüstenkundige Führer bei sich.

Aber eines Nachts waren die Führer verschwunden.

Der Befehlshaber des Heeres schickte nun Kundschafter aus. »Reitet immer in Richtung sinkender Sonne«, sagte er, »dort muß die Oase sein. Auf dem Weg dorthin soll es eine Wasserstelle geben. Sobald ihr einen Brunnen gefunden habt, erstattet Meldung, sonst verdorren wir hier zu Mumien.«

Vier Tage wartete der Befehlshaber des Heeres auf eine Nachricht der Kundschafter. Als keiner von ihnen zurückkehrte, hatte er nur zwei Möglichkeiten: entweder mit seinen Soldaten zu verdursten oder selbst weiter nach Westen zu marschieren.

Bald schleppte sich das Heer, entkräftet vor Durst, unter der glühenden Sonne dahin. Die Hitze des Tages dorrte sie aus, und in der eisigen Kälte der Nacht kamen sie fast um. Die Oase fanden sie nicht. Aber nach einer Woche sahen sie endlich einen Berg.

»Das ist der Abu Balassa«, rief einer, »dort wachsen Palmen, dort sind Quellen, das ist unsere Rettung.«

Bevor das Heer die letzte Etappe in Angriff nahm, befahl der Oberkommandierende, den Göttern Dankopfer zu bringen. Also bereiteten sie die Opfergefäße vor.

Von der Hitze waren die Gefäße so glühend, daß die Öle darin zu kochen begannen. Die Götter, so glaubten alle, nähmen den Duft der Öle gnädig an. Doch plötzlich entzündeten sich die Dankopfergaben, breiteten sich zu einem riesigen Feuerball aus und fuhren in den Himmel.

Die Priester konnten nicht sagen, ob das Feuer vom Himmel herniedergekommen oder von der Erde in den Himmel gefahren war. Stumm standen sie da, bis die Urgewalten sie packten.

»Groß ist der Zorn der Götter«, rief einer von ihnen erschaudernd, ehe er starb.

Von diesem Tag an wurde kein einziger der zehntausend Männer aus dem Heer des Kambyses jemals wiedergesehen.

Ohne Sieg kehrte Kambyses aus Äthiopien zurück. Hunger und Durst hatten ihn zur Umkehr gezwungen.

Weil keine Kunde vom zweiten Heer, das er gegen den Ammontempel geschickt hatte, eintraf, sandte er Reiter aus. Aber so viele Reiter er auch schickte, alle kamen mit derselben Meldung zurück: »Dein Heer, Kambyses, gibt es nicht mehr.«

Kambyses tobte. Er versprach, demjenigen, der das Heer oder die Toten finden würde, eine halbe Provinz. Es half nichts. Das Heer blieb verschwunden. Ortskundige nahmen an, daß das Heer auf der Suche nach Wasser von der Route abgekommen und in einen heftigen Sandsturm geraten sei, den kein einziger Mann überlebt habe.

»Dann müßte es doch Leichen geben«, sagte Kambyses. »Und wie die Nomaden behaupten, hat es seit vielen Monaten keinen Sandsturm mehr gegeben.«

Der Untergang des Heeres blieb weiterhin ein Rätsel. Schwer getroffen von den Niederlagen, verfiel Kambyses der Trunksucht.

Da erreichte Kambyses die Nachricht, daß ein Magier namens Gaumate des Königs Abwesenheit in Persien dazu benutze, den Verband des Reiches zu lockern und die Macht an sich zu reißen.

Kambyses brach sofort nach Persien auf. Doch er erreichte die Heimat nicht. Er starb an einer zufälligen Selbstverwundung, die er sich bei dem Versuch zuzog, eine gefangene Numidierprinzessin zu vergewaltigen.

Die rasenden Schmerzen der Blutvergiftung unterbrachen seine Fieberträume immer seltener. Aber kurz vor seinem Ende rief Kambyses immer wieder nach seinem verschollenen Heer. Für ihn war der Untergang der zehntausend Mann in der Wüste gleichsam ein Symbol für das eigene Schicksal. Er starb 522 Jahre vor Christi Geburt.

Das Verschwinden seines Heeres im großen Sandmeer sollte lange Zeit eines der großen Rätsel der Weltgeschichte bleiben.

Der Chemiker Ernst Hagenski wußte nicht, was er von der Sache halten sollte. Er hielt sie für spinnös. Aber der Professor war ihm als Wissenschaftler um Nasenlängen voraus. Bistrow würde schon wissen, ob sich aus der Sache etwas machen ließ. Am nächsten Morgen war der Tag so strahlend sonnig wie die Laune des Professors. Ohne seinen Assistenten zu fragen, ob er alles gelesen und verstanden habe, sagte er: »Eben kam ein Anruf vom Kreml. Meine Arbeit hat höchste Dringlichkeitsstufe erhalten. Der Staatschef selbst läßt mir einen zweimotorigen Bomber zur Verfügung stellen und für den Anfang zehntausend Liter Benzin.«

Der Professor erklärte seinem Assistenten, was er vorhatte, nämlich in etwa tausend Metern Höhe eine große Menge Benzin aus dem Flugzeug zu versprühen und die Benzinwolke mit einer Leuchtpistole zu entzünden.

Die Versuche wurden sofort in Angriff genommen. Schon zwei Tage später startete die Tupolew. Über den bewaldeten unbewohnten Weiten nördlich von Moskau wurden die ersten Fässer entleert. Der Luftzug zerstäubte sofort das Benzin. Während das Flugzeug einen Kreis beschrieb, schoß der Professor mit der Leuchtpistole in die sich bildende Aerosolwolke. Doch nichts geschah. Auch beim zweiten und dritten Schuß nicht.

»Wir müssen das Gemisch ändern«, beschloß Bistrow.

Am nächsten Tag versprühten sie Benzin, das mit Petroleum versetzt war, und am Ende der Woche Benzin mit Dieselkraftstoff vermischt. Doch es kam bestenfalls zu Verpuffungen, auch als sie feingehäckselte Schießbaumwolle beimengten.

Nach langem Nachdenken, noch während des Rückflugs, glaubte der Professor, den Grund zu kennen. »Das Aerosol zündet nicht durch. Vermutlich haben sich die Bestandteile zu sehr verdünnt und verflüchtigt. Was wir brauchen, ist eine Art Gas, das die Wolke verdichtet, die einzelnen Moleküle zusammenhält, meine ich, und zur Zündung anregt.«

Dann schwieg Bistrow enttäuscht bis zur Landung. Erst auf der Fahrt in der Dienstlimousine zurück zu ihrem Universitätsbüro nahm er den Faden wieder auf. »Dazu brauchen wir ein kohäsionsstarkes Edelgas.«

»Woran dachten Sie, Genosse Professor?«

»An Xenon, Krypton, Argon und eventuell Helium.«

Beiden war bekannt, daß sich alle diese Gase in mikroskopischen Mengen in der Luft befanden, es in Rußland aber keine Technologie gab, sie herauszfiltern und zu verdichten.

»Das können bis jetzt nur die Amerikaner«, bedauerte Hagenski.

»Und die sind neutral.«

Doch nun steuerte der Assistent einen Einfall bei. »Die Amerikaner beliefern England mit Rohstoffen, Lebensmitteln und Waffen. Warum also nicht auch mit den Edelgasen?«

»Das würde bedeuten, daß die Engländer die Aerosolbombe bauen, sie in die Hand bekommen und werfen«, kombinierte der Professor und fügte hinzu: »Aber warum eigentlich nicht? Sie sprechen doch perfekt Englisch, Dr. Hagenski.«

»Ich habe ein Jahr lang in Birmingham gearbeitet.«

Dem Professor brannte sein neues Projekt auf den Nägeln, und er war ohnehin ein Mann schneller Entschlüsse.

»Nehmen Sie das in die Hand, Genosse Hagenski«, entschied er. »Kontakte mit den Amerikanern und Briten, die Organisation der Beschaffung und so weiter überlasse ich Ihnen.«

Der Deutsche hatte einen Einwand. »Dazu müßte ich das Geheimnis um dieses Bombenprojekt weitergeben.«

»Die Engländer sind unsere Verbündeten. Und Sie sind gedeckt, Hagenski. Übertreiben Sie ein wenig, liefern Sie Halbwahrheiten. Hauptsache, die beißen an.«

Der Deutsche war noch nicht ganz zufrieden. Er kannte die Verhältnisse in der Sowjetunion und wußte, wie schnell man hier des Landesverrats und der Subversion beschuldigt wurde. »Bekomme ich das schriftlich?« fragte er vorsichtig.

»Ja, mit dem Stempel des Politbüros«, versprach sein Chef.

»Und mit dem Stempel der Obersten Heeresleitung, bitte. Und mit einem Vermerk des Geheimdienstes GPU.«

Seufzend erwiderte der Professor: »Sie verlangen da ja allerhand. Das ist nicht nur ein Freibrief, sondern auch ein Persilschein für alles mögliche.«

Daraufhin erwiderte der Deutsche etwas zweideutig: »In diesen Zeiten ist immer möglich, daß alles mögliche passiert, Genosse Professor.«

Der Dienstwagen, eine schwarze Ford-Limousine russischer Bauart, fuhr in die Smolenskistraße hinauf und bog dann zu den Universitätsgaragen ab.

4

Dänemarkstraße
Juni 1941

Das Wetter in der Barentssee entwickelte sich wie bestellt schlecht. Nemok war sicher, daß von seiner Geheimunternehmung nichts bekanntgeworden sei, weder bei den Russen noch bei den Engländern. Durch Eisnebel lief *U-77* zurück auf Heimatkurs. Der kürzeste Weg war der zwischen Island und Grönland durch die Dänemarkstraße. Außerdem sollten sie laut BdU-Befehl dort Aufklärung betreiben. Nach tagelanger Sturmfahrt sichteten sie am Horizont auf Steuerbordseite Rauchfahnen. Es mußte einer der bekannten XQ-Geleitzüge sein. Da sie sich auf großer Distanz begegneten, stellte es für *U-77* kein Problem dar, sich vor den Geleitzug zu setzen. Nemok entschloß sich, zwei der dicksten Schiffe zu torpedieren, einen Tanker und einen Frachter. Beide tiefliegend. Im Sehrohr hatte er jedoch mehrere Begleitfahrzeuge gesichtet, auch im Horchgerät orteten sie die Zerstörer, die herumsummten wie die Bienen um den Honigtopf.

»Wir müssen in kurzer Folge schießen«, wandte sich

Nemok an seinen I WO, »und dann die Flatter machen.« Er zeigte immer nur kurz das Sehrohr, ließ den Tanker einwandern, gab die Werte an den Rechner und befahl dann: »Torpedo los.«

Sechs Sekunden später verließ der zweite Bugaal das Rohr.

»Und jetzt nichts wie weg.«

»Auf vierzig Meter ... auf zwohundertsiebzig Grad gehen ... Maschine AK.«

Noch während des Tauchens registrierten sie die zwei Torpedotreffer.

»Voll ins Gemächte, Herr Kaleu.«

Doch jetzt waren sie hinter ihnen her. Zuerst mindestens drei Bewacher. Die warfen Wasserbomben ohne Ende. Am Schluß hing nur noch ein Zerstörer an ihnen, ein zäher Knabe, zu hören am hellen Ton seiner Turbine. Hartnäckig blieb er hinter ihnen. Mit allen Tricks, wie bei einer Achterbahnfahrt, entkam Nemok den Wabo-Serien. Aber es dauerte Stunden. Und immer wieder Gruppen von Wasserbomben. Das Boot wurde geschüttelt, Licht und Pumpen fielen aus. Der Obersteuermann registrierte auf der schwarzen Tafel mit Kreide jede Wasserbombe.

»Schon über neunzig. Jetzt müßte er leer sein, Herr Kaleu.«

Aber wieder lief der Zerstörer an und erwischte sie diesmal voll. Auf sechzig Meter schlug neben *U-77* eine ganze Gruppe Wabos ein, jeweils auf zehn Meter gestaffelt. Es gab eine Menge Ausfälle im Boot. Dichtungen, Kompaß, Armaturengläser. *U-77* begann zu sinken. Nemok ließ die E-Maschinen AK laufen, befahl Tiefenruder hart oben. Das Boot sank weiter. Als der

Zeiger sich dem 300-Meter-Strich näherte und die ersten Nieten herausplatzten, wußte Nemok, daß das Boot dem Druck nicht mehr lange standhalten würde. Besser auftauchen und zusammengeschossen werden, als sich in der schwarzen Tiefe zerquetschen lassen.

»Anblasen«, befahl er.

Die Druckluft gurgelte. Keine Reaktion. Erst beim zweiten Mal verlangsamte sich das Sinken des Bootes, und es begann allmählich zu steigen.

»Horcher, Achtung!«

Droben war von dem Zerstörer nichts mehr zu hören. Dem LI gelang es, den Aufstieg bei fünfzehn Meter zu stoppen. Nemok nahm einen Blick durch das Sehrohr. Er sah den britischen Zerstörer gestoppt liegen, aber den Bug direkt auf das U-Boot gerichtet.

Nemok hatte noch den Hecktorpedo. Er drehte das Boot. Schoß.

Dreißig ... sechzig Sekunden.

Nichts.

Versager?

In diesem Augenblick schäumte die See im Heck des Zerstörers auf. Er raste auf *U-77* zu.

»Gottverdammich«, fluchte Nemok, »bringt das Boot auf Tiefe, so schnell es geht, Männer.«

Doch dazu war es zu spät. Sie hörten den Zerstörer heranrauschen, und dann spürten sie den fürchterlichen Schlag, als säßen sie in einem Fußball, der von einem Stürmer getreten wurde. Hatte der Aal offenbar doch getroffen? Das Licht fiel aus, Wassereinbruch wurde gemeldet. Aber das Boot lief noch. Droben war es plötzlich still, als hätte sich der Zerstörer mit dieser Ramming selbst zuviel zugemutet.

Aber mit AK auftauchend, ließ sich *U-77* nicht mehr halten. Es durchbrach die Wasseroberfläche etwa eine Meile von dem Zerstörer entfernt. Der lag da und blies Dampf ab, als sei er schwer beschädigt. Die tapferen Torpedobootleute schossen noch im Sinken mit ihrer Bordartillerie hinter *U-77* her. Mehr als hoch aufschäumende Kaskaden erreichten es allerdings nicht. In einer Nebelbank entkam *U-77*.

Der LI versuchte, die Schäden so gut wie möglich zu beheben. Wassereinbrüche, Pumpendefekt, Dieselunwucht. Nach vierzehn Stunden Wasserbomben war die Stille, in die sie nun hineinfuhren, beinahe schmerzlich. Der LI meldete dem Kommandanten sämtliche Schäden.

»Kaputt ist so gut wie alles. Aber nur ein bißchen, nicht total kaputt. Bis Norwegen schaffen wir es mit Sicherheit.«

»Sie sind der Größte, LI.«

»Bitte nach Ihnen, Herr Kaleu.«

Nemok ließ einen Funkspruch über die Versenkung und die eigenen Schäden absetzen und erhielt vom BdU den Befehl, wenn möglich gleich die Krupp-Germania-Werft in Kiel zwecks Reparatur anzulaufen.

Sie hatten Spitzbergen überlebt, das Land ohne Leben, in dem es um diese Jahreszeit nicht einmal Walfänger und Trapper gab. Da oben waren sie allein in Teufels Hand gewesen. Also würden sie die heißen Nächte in Kiel, der Weltstadt an der Förde, auch noch überstehen.

5

Kiel
Juni 1941

U-77 war durch das Skagerrak und die Ostsee nach Hause gehinkt. In der Bauwerft an der Kieler Förde kam es wegen der Unterwasserschäden zunächst ins Trockendock. Die technischen Belange erledigte der LI mit den Ingenieuren von Krupp-Germania. Das Ganze würde mehrere Wochen in Anspruch nehmen. Die Besatzung begab sich zwecks hygienischer Überholung auf das U-Boot-Wohnschiff *Hamburg*. Der umgebaute alte Kreuzer lag an der Tirpitz-Mole.

In seiner Kabine fand Nemok einen Brief seiner Mutter vor. Nichts von Sonja, aber einen Stapel Zeitungen. Er überflog nur die Schlagzeilen. Gleich stieß er auf eine faszinierende Meldung: MORD AN DEUTSCHEM GENERAL – VERRAT? GENERAL VON LICHTENAU WURDE AUF EINEM ERKUNDUNGSRITT IN DEN PRIPJETSÜMPFEN VON PARTISANEN ERSCHOSSEN.

Die Parteizeitung bauschte die Sache als heimtückischen Mord oder auch Verrat auf. Nemok empfand nicht eine Spur Mitleid. Der Baron war sein Todfeind gewesen. Ruhe unsanft, du Hundesohn, dachte er. Heimlich empfand er sogar eine Spur Genugtuung. Doch er wollte das Gefühl der Häme nicht aufkommen lassen.

Vorn bei der Wohnschiffverwaltung meldete er ein Telefongespräch nach Warschau an. Das könne dauern, sagte man ihm. Also ging er duschen, rasierte sich den U-Boot-Bart ab. Nach einer Stunde etwa meldete ihm die Telefonzentrale, daß unter der angegebenen Nummer in Warschau kein Anschluß mehr bestehe. Nemok verbrachte eine unruhige Nacht. Dann hatte er sich entschlossen. Er beantragte Kurzurlaub und einen Marschbefehl in das besetzte polnische Gebiet nach Warschau. Dem LI von *U-77* übertrug er die Überwachung der Reparaturarbeiten am Boot.

Noch am Abend begab er sich mit kleinem Gepäck zum Fronturlauberzug. In dem Erste-Klasse-Abteil saß nur ein Hauptmann von Dietls Gebirgsjägern. Er kam aus Narwik in Norwegen. Nach kurzer Musterung ging ein Lächeln über sein Gesicht.

»Sie kenne ich«, rief er. »Sie als Kapitänleutnant bei der Marine? Haben Sie nicht eine Erstbesteigung in den Dolomiten? Col di Lana?«

Nemok hob Zeige- und Mittelfinger. »Zwei«, sagte er. »Zwischen Marmolada und den Drei Zinnen.«

Endlich fuhr der Zug an. Von Hamburg bis Berlin kamen ihnen ständig lange Transportzüge, voll mit Panzern, Kanonen, Lastwagen entgegen oder überholten sie.

»Gibt Krieg«, sagte der Gebirgsjägerhauptmann sachkundig.

»Wo?«

»Sie Unschuldsengel. Gegen Rußland natürlich.«

»Als hätte es nie einen Napoleon gegeben«, bemerkte Nemok ironisch.

Für die neunhundert Kilometer nach Warschau würde die Reise mindestens einen Tag dauern. Nemok war noch sehr kaputt und schaute sich im Abteil um. An der Rückwand über dem Rückenpolster war ein Olympiaphoto in schlichtem Holzrahmen festgeschraubt. Darunter stand ein Funktionärsspruch: *Dunkle Wolken ziehen über Europa hin. Aber wie eine Insel des Friedens schwimmt Deutschland in diesem Meer der Nationen. Das Volk schreitet fest und sicher durch den Strudel der Zeit.*

Der Gebirgsjägerhauptmann fand es angebracht, Schiller zu zitieren:

»Zum Kampf der Wagen und Gesänge,
der auf Korinthos Landesenge
der Griechen Stämme froh vereint,
zog Ibikus, der Götterfreund.«

Gähnend bemerkte Nemok dazu: »Wir haben etwas anders gereimt.«

»Besser als Schiller?«

»Nur aktueller.

Zum Krampf der Sinne und Gelüste,
der auf Preußens Streusandbüchse
des Globus' Muskeln froh vereint,
zog auch so mancher Nazifreund.«

Mit dieser Olympiade hatte im Grunde alles angefangen. Nemok schloß die Augen.

Der Gebirgsjägeroffizier bemerkte: »Sie sind müde, Herr Kamerad.«

»Komme soeben mit meinem Boot von Feindfahrt zurück«, antwortete Nemok.

6

Rückblick/Olympiade Berlin
Sommer 1936

Leutnant zur See Volker Nemok war von der Marine für die Teilnahme an der Olympiade beurlaubt worden. Bei den Vorentscheidungen hatte er sich für den modernen Fünfkampf qualifiziert. Das bedeutete: Reiten – Fechten – Schießen – Schwimmen – Laufen. Er war in der Elite nur Mittelklasse und rechnete sich keine Medaille aus, empfand es aber als Ehre, teilnehmen zu dürfen. Gemeinsam mit anderen Sportlern aus aller Welt wohnte er im Olympischen Dorf. Es sollte von den Athleten bis zur Beendigung der jeweiligen Wettkämpfe nicht verlassen werden.

Beim morgendlichen Fechttraining in der Halle traf er dort auf die polnische Damenmannschaft. Eines der Mädchen faszinierte ihn vom Aussehen wie von der Grazie her sofort.

Sein Trainer informierte ihn. »Die Dunkle da mit den langen Beinen?«

»Ja, die.«

»Das ist Sonja Jablonski aus Warschau.«

»Wie Schneewittchen«, bemerkte Nemok leise. »Sie kennen doch das Märchen? Das Haar so schwarz wie Ebenholz, die Haut weiß wie Schnee, blutroter Mund.« Er war fasziniert. Wie vom Blitz getroffen. Für ihn war sie die schönste Frau, die er je gesehen hatte, und er überlegte, wie an sie heranzukommen sei. Elegant, nicht gigolomäßig.

Plötzlich entstand Aufregung in der Trainingshalle. Autos fuhren vor. Mercedes Cabrios. Eine Gruppe hoher Offiziere in Feldgrau drängte herein. In ihrer Mitte ein General, erkennbar an den rosa Streifen seiner Breeches. Die anderen waren wohl seine Adjutanten. Die Breeches hatten Lederbesatz, die Reitstiefel waren eleganteste ungarische Arbeit. Der General hatte eine Reitpeitsche in der Hand, mit der er ständig gegen den Stiefelschaft schlug. Vermutlich waren sie alle vom Reiterstadion herübergekommen.

Eine Weile schauten sie den polnischen Fechterinnen zu, bis der General, ein schlanker Mann mit sonnengebräuntem Langschädel, rief: »Reiten und Fechten haben von Anbeginn an immer zusammengehört. Wer sind diese wunderschönen Weiber?«

Von der polnischen Trainerin ließ er sich ausgerechnet Sonja Jablonski vorstellen. Er versuchte, mit ihr beiseite zu gehen, redete auf sie ein. Sie ließ ihn aber offensichtlich abblitzen.

Leise wandte sich Nemoks Kamerad an ihn: »Da hat sich der Herr General von Lichtenau ja mit Kennerblick genau die Richtige ausgesucht. Die Jablonskis sind in Polen so etwas wie bei uns Krupp oder Thyssen, etwas kleiner vielleicht. Erstklassige Familie. Ihr Onkel soll einmal Staatspräsident gewesen sein.

Die Jablonskis betreiben Eisenhütten und Walzwerke.«

Am Ende der Halle verabschiedete sich die Reitermannschaft. Nemok beschloß, alles zu riskieren. Jetzt oder nie, dachte er, und besorgte sich ein frisches weißes, heiß vorgewärmtes Frotteetuch. Das legte er über die schwitzenden Schultern der schönen Polin, als sie ihren letzten Durchgang beendet hatte. Er wußte, daß er, falls überhaupt, einen etwas linkischen Charme hatte und ein nicht allzu gutes Englisch sprach.

»Ich heiße leider auch noch Nemok.«

Sie aber konnte perfekt Deutsch. »Macht ja nichts, oder?«

»Was mich betrifft, ich bin daran gewöhnt.«

So brachte er es wirklich fertig, daß sie sich auf ein Rendezvous einließ.

Für Olympiateilnehmer war es einfach, an Theater- oder andere Karten heranzukommen. Gemeinsam besuchten sie ein Konzert der Berliner Philharmoniker in der Kroll-Oper. Furtwängler dirigierte aus der ersten und dritten Symphonie von Beethoven, dann Vivaldis *Vier Jahreszeiten* und dann die Symphonie Nummer 4 *Italia* von einem gewissen Mendelssohn, obwohl der Mann Jude war. Furtwängler wuchs über sich selbst hinaus. Er ließ die Streicher flirren. Unter seiner Führung bekamen die Flöten sinnlichen Glanz. Und am Ende immer seine ekstatischen Steigerungen bis zum Fortissimo … Es war ein faszinierendes Erlebnis.

Während der Pause begegneten Jablonski und Nemok, gekleidet in ihre schlichte Olympiauniform –

weiße Hose und blaues Jackett – einem hocheleganten General in Gala. Er trug Uniformfrack. Mit erhobenen Händen ging er auf Sonja zu, als seien sie alte Bekannte. Sie aber schenkte ihm keinen Blick und drehte sich spontan um.

»Das hat ihm nicht gefallen«, bemerkte Volker Nemok wie nebenbei.

Nach dem Konzert, als sie Arm in Arm aus der Hitze ins Freie traten, bemerkte Sonja: »Nicht daß ich klassische Musik nicht schätze, aber jetzt brauche ich etwas Profanes.«

Mit dem Taxi fuhren sie in die Bongo Bar Unter den Linden. Drinnen herrschte Riesenstimmung. Der Laden war total überfüllt, ebenso die von unten beleuchtete drehbare Tanzfläche. Sie bekamen aber noch Platz an der Bar. Wie immer unterhielten sie sich glänzend. Sie paßten einfach zusammen, hatten die gleichen Gedanken, denselben Sinn für Humor, auch ohne Cocktails. Er legte seine Hand auf die ihre, und sie zog sie nicht weg. Er bemerkte, daß sie rot lackierte Fingernägel hatte.

»Dürft ihr das?« fragte er.

»Der polnischen Frau sind nicht Lippenstift und Nagellack verboten wie der deutschen. Bei mir hat das aber einen anderen Grund.« Sie lachte. »Seit Generationen kratzt meine Familie Dreck aus der Erde. Wir Jablonskis werden schon mit kohleschwarzen Fingernägeln geboren.«

Er ließ sie für einen Augenblick allein, ging zu dem Bandleader und flüsterte ihm etwas zu, und die nächste Nummer war die von ihm bestellte. Irgendein Tonfilmschlager. Der Pianist sang dazu:

»Wenn die Sonja russisch tanzt
tobt der ganze Saal.
Sonja, Sonja, Sonja, Sonja,
tanz doch noch einmal.«

Swing war nicht erlaubt. Auch beim Foxtrott fühlte sich Sonja an wie eine Frau und doch federleicht.

Volker flüsterte ihr ins Ohr:

»Wenn ich mit der Sonja tanz,
dann ist es kein Scherz,
Sonja, Sonja, Sonja, Sonja,
schenk mir doch dein Herz.«

»Das hast du eben erfunden«, sagte sie mit halb offenen Lippen. »Und ich schenke dir mein Herz.«

Wenige Augenblicke später störte ein eleganter Mann, braungebrannter Herrenreitertyp, helle Siegfried-Augen, ihr vertrautes Geflüster. Wieder einmal war es der Kavalleriegeneral von Lichtenau. Er wollte mit Sonja tanzen. Sie aber wollte nicht. Sie klammerte sich an Volker. Da versuchte Lichtenau, ihm Sonja aus den Armen zu zerren. Weit ausholend ohrfeigte Nemok ihn. So laut klatschte es, daß es still wurde in der Bar. Bis man zu applaudieren begann.

»Bravo!«

»Bravo! Bravissimo!«

Der General zog sich betreten zu seinen Kameraden in eine Nische zurück. Später, als Nemok und Sonja gehen wollten, versperrten ihnen zwei Kavallerieoffiziere den Weg zum Ausgang und baten Nemok um ein Gespräch.

»Der Mann, den Sie geohrfeigt haben, ist General Baron Rolf von Lichtenau. Außerdem sind Sie verbotenerweise hier. Man wird Sie anzeigen wegen unerlaubten Landgangs und tätlichem Angriff gegen einen Vorgesetzten.«

»Ich bin Zivilist hier«, verteidigte sich Nemok.

»Aber immerhin Marineoffizier.«

Sie stießen ihn in eine wartende Mercedes-Limousine und fuhren ihn ins olympische Dorf.

Leutnant nur See Volker Nemok wurde mit zweiundneunzig Punkten nur Vierzehnter im Fünfkampf. Sonja Jablonski holte mit ihrer Mannschaft immerhin die Bronzemedaille. Vor Ende der Spiele trafen sie sich noch einmal heimlich. Sie gestanden sich ihre Liebe, versprachen sich Treue und wollten sich bis zum nächsten Wiedersehen Briefe schreiben. Es wurde ein trauriger Abschied.

»Das erste Mal«, gestand sie, »daß ich fühle, daß ich bin.«

»Mit dir vergesse ich die Welt, Darling, aber ich weiß nicht, wie es mit mir weitergeht«, bedauerte Nemok. »Diesem General traue ich alles zu. Auch was dich betrifft. Nimm dich vor ihm in acht, bitte.«

Sie küßten sich zum Abschied lange und innig.

Volker Nemok kehrte zu seiner Marine-Einheit zurück. Beim Marinestaatsanwalt in Kiel traf eine Anzeige gegen ihn ein, angeblich wegen Spionageverdachts und Umgang mit einer polnischen Staatsangehörigen. Nemok hatte jedoch Vorgesetzte, die zu ihm hielten. Sie sorgten dafür, daß das Verfahren nicht eröffnet wurde. Einen so tüchtigen Offizier wollte die Marine nicht verlieren. Sie kommandierten Nemok zu einer aktiven U-Boot-Flottille. Aktive Einheiten waren aus Gründen der Geheimhaltung nicht berechtigt, Namen von Besatzungsmitgliedern oder deren Aufenthalt bekanntzugeben. Die Marine versteckte ihre Offiziere gegen unberechtige Nachforderungen gern unter Wasser bei den U-Booten.

Noch einmal hatte sich Nemok dann mit seiner Geliebten treffen können. Er hatte den Urlaub beim Klettern in den Doloimiten verbracht. Mit Sonja war er in Cortina d'Ampezzo verabredet. Jetzt, im Jahr 1938, verschärfte sich die politische Lage in Europa immer mehr. Alles sah schon nach Krieg aus, wobei Polen an der Seite der Franzosen und Engländer stehen würde.

»Es war schwierig, zu kommen«, sagte Sonja, nachdem sie ihn umarmt hatte. »Aber noch hat meine Familie Einfluß.«

Sie verlebten glückliche achtundvierzig Stunden in Cortina, unternahmen Spaziergänge, gingen zusammen bei Kerzenlicht essen und tanzen.

Am zweiten Abend sagte Sonja so offen, wie es ihre Art war: »Ich möchte, daß du heute nacht mit mir schläfst, Volker. Ich wünsche, daß du der erste bist. Wer weiß, was im Leben noch alles kommt.« Sie äußerte das ganz ruhig, aber so, als ahne sie, was ein Jahr später eintreten würde.

Jetzt, auf der Fahrt im Frontzug nach Warschau, erfuhr Volker Nemok Genaueres: Der General war kurz vor seiner Hochzeit von Partisanen ermordet worden. Möglicherweise wollte man es Sonjas Familie in die Schuhe schieben, fürchtete Nemok. Gewiß hatte es Lichtenau nur mit Druck erreicht, daß man ihm Sonja zur Frau gab. Mithin war anzunehmen, daß die Gestapo hinter Sonjas Familie her war. Man brauchte Schuldige. Am besten aus der Oberschicht Polens. Nemok selbst fühlte sich in Sicherheit. Er hatte ein erstklassiges Alibi. Ein besseres als einen Aufenthalt vor Spitzbergen nahe dem Nordpol gab es nicht.

In der besetzten Hauptstadt Polens gab es sogar schon wieder Taxis. Aber was sich auf den Straßen frei bewegte, waren offensichtlich mehr deutsche Soldaten als Zivilisten und vorwiegend graue Militärfahrzeuge. Der Chauffeur brachte ihn in einen eleganten Vorort, umgeben von Parks. Vor einer riesigen Gründerzeitvilla stieg Nemok aus. Doch wie es aussah, stand die Villa leer. Die Rolläden waren herabgelassen, niemand öffnete auf Nemoks Klingeln. Wahrscheinlich funktionierte die Klingel nicht einmal. Nemok schlenderte um das mehrere Hektar große Parkgrundstück. Am hinteren offenen Tor entdeckte er einen Mann, der aussah wie ein Gärtner. Er sprach auch einigermaßen deutsch. Mit drei Packungen Juno-Zigaretten aus seinem Gepäck stimmte ihn Nemok gesprächig. Dabei erfuhr er so einiges.

Die Eltern von Sonja, die alten Jablonskis, der Herr Kommerzialrat und seine Frau, hatten sich auf ihr Landgut zurückgezogen.

»Wo liegt das?« wollte Nemok wissen.

»Im Osten«, erfuhr er. »Es grenzt an die Ufer des Bug. Auf der anderen Seite drüben beginnt schon Weißrußland. Man hat Sonjas Vater sehr zugesetzt, ihn verantwortlich gemacht für angebliche Sabotage in seinen Hüttenwerken. Er ist herzkrank. Ohne Drohungen und Druck hätte er der Heirat von Sonja mit diesem

General wohl nie zugestimmt.« Der Gärtner schlug das Kreuz. »Der Herr sei seiner Seele ungnädig.«

Nemok hätte gerne Sonjas Eltern aufgesucht, aber das ganze Gebiet bis zur russischen Demarkationslinie war Aufmarschbereich von Hunderten Divisionen. Ohne Sondergenehmigung und Marschbefehl ging da nichts.

Die Frau des Gärtners erinnerte sich jedoch an eine Freundin von Sonja. »Sie ist Tänzerin an der Oper und hat Sonjas ganze Garderobe geerbt, als sie mit ihrem Auto wegfuhr. Die Pelzmäntel, die Schiausrüstung, Schmuck. Diese ganzen teuren Sachen.«

»Wo, glauben Sie, könnte Sonja sich versteckt halten?« fragte Nemok, erhielt aber nur die Adresse der Tänzerin.

Ziemlich niedergeschlagen suchte er sie nach der Abendvorstellung auf und erfuhr, wie zu erwarten, wenig. Die Tänzerin brach in Tränen aus über das Schicksal ihrer Freundin.

»So reich, so schön, so erfolgreich, so begabt, und jetzt das – so unglücklich! Wie ich hörte, verdächtigt die Geheime Staatspolizei Sonja, daß sie mit den Partisanen unter eine Decke stecken soll, die den General umbrachten.«

Wo sich Sonja aufhielt, konnte sie jedoch nicht sagen. Sie gab Nemok aber einen Tip. »Sie hat Familie im deutschen Ruhrgebiet. Auch Stahlbarone. In Bochum und Duisburg, glaube ich. Außerdem soll da noch eine Tante irgendwo in Portugal leben.«

Ziemlich verzweifelt fuhr Nemok mit dem nächsten Zug zurück nach Deutschland. Auch für die neunhundert Kilometer bis Düsseldorf brauchte der Zug beinahe einen Tag. Im Ruhrgebiet gelang es ihm, mit Hilfe des Adreßbuchs der Einwohnermeldeämter und seiner bohrenden Fragen – auch in der Verwaltung der Hüttenindustrie –, einige Adressen und Familien herauszubekommen, die zu den reichsten Stahlkochern gehörten. Mit seiner Unerschrockenheit und Verbissenheit brachte er es fertig, den einen oder anderen zu sprechen. Von Sonja und ihrer Familie wußten sie angeblich nichts oder wollten mit dem polnischen Zweig des Clans nichts zu tun haben. Nach Ablauf seines Urlaubs kehrte Kapitänleutnant Volker Nemok nach Kiel zurück, wo die Werftüberholung von *U-77* inzwischen große Fortschritte gemacht hatte.

»In zwei Wochen sind wir frontklar«, meldete sein Leitender.

In der Zwischenzeit ereignete sich jedoch noch einiges. Im Osten begann die Operation »Walküre«. Die deutschen Armeen traten zum Krieg gegen Rußland an.

7

Juni 1941

Nach kurzer Werftprobefahrt meldete der LI von *U-77*, Oberleutnant Wagner, Klarstand. »Wir können, Herr Kaleu.«

Nemok, der die Vorbehalte von Ingenieuren kannte, sagte: »Bis auf ...?«

Der LI, ein dunkelbehaarter Kumpeltyp, druckste ein wenig herum. »Die E-Maschine an Backbord zeigt bei Generatorschaltung keine volle Leistung. Muß noch auf Dauer erprobt werden.«

»Ankerwicklung?« fragte der Kommandant.

Der LI zuckte mit der Schulter. »Weiß der Teufel, wohin sich die Ampere verdünnisieren.«

Auch I WO Maurer – mehr Buchhaltertyp als U-Boot-Fahrer, aber das Boot und seine Trimmrechnungen waren bei ihm immer schwer in Ordnung – meldete *U-77* fertig zum Auslaufen.

Nemok begab sich auf die Brücke. Die üblichen Kommandos. Leinen los bis auf achtere Spring. Mit Ruderlage und langsamer Fahrt der BB. E-Maschine scherte der Bug vom Kai weg. Die letzte Leine wurde gelöst, dann ging es hinaus in das kabbelige Wasser der Förde. Beide Diesel sprangen an. Bei Holtenau schleusten sie in den Kaiser-Wilhelm-Kanal, kamen glatt bis Brunsbüttel durch und auch das letzte Stück elbabwärts in die Nordsee. Auf dem Kurs, den gewöhnlich die Helgolandfähre nahm, liefen sie aufgetaucht Nordwest, bis der Ausguck die erste Ostfriesische Insel meldete. Weiter hielten sie sich an Wangerooge entlang mit Kurs 260 Grad. An Backbord zogen die flachen Ostfriesischen Inseln vorbei, von Spiekeroog bis Norderney. Von da ab kamen die Westfriesischen Inseln auf.

Nemok, der mit dem I WO Brückenwache schob, wußte einiges über die Unternehmung: »Eigentlich ist es gar keine. Wir verholen das Boot nur zu dem neuen U-Boot-Hafen Lorient südlich von Brest. Dort bauen sie jetzt mit Schiffen befahrbare Bunker, zehn Meter dicke Betondecken, absolut bombensicher.«

In den Abendstunden erreichten sie an Backbord, in etwa zehn Meilen Abstand, die Grenze zwischen Holland und Belgien und die Scheldemündung. Es war eine Nacht ohne Mond. Nemok wollte es wagen, den Ärmelkanal in hoher Überwasserfahrt zu durchlaufen, auch wenn in solchen Nächten häufig Schnellboote unterwegs waren.

Gegen 22.30 Uhr, die Dunkelheit hatte kaum eingesetzt, brachte der Funkmaat eine Meldung auf die Brücke. »Von Harwich aus ist ein Rudel britischer Minenschnellboote gemeldet. Das wurde von der Funkmeßstation in Dover festgestellt.« Schwer atmend blickte der Funker den Kommandanten an.

Doch Nemok sagte ruhig: »Keine Aufregung, Mann.«

Dann wandte er sich an I WO Maurer. »Die wollen die Scheldemündung dicht werfen.«

»So ein Schnellboot ist für Minenlegen doch kaum eingerichtet, Herr Kaleu.«

»Wenn jedes Boot statt seiner Torpedos nur vier Minen dabeihat, sind das bei einer Flottille auch vierundzwanzig Stück. Das reicht, um ein paar Dampfer hochgehen zu lassen.«

Anhand der Meldungen koppelte Nemok mit dem Steuermann den Kurs der Schnellboote von Harwich bis Vlissingen nach.

»Die laufen Kurs 135 Grad, Herr Kaleu.«

»Das sind keine sechzig Meilen Distanz.«

»Sie können in neunzig Minuten hier sein.«

»Das wäre noch vor Mitternacht.«

Sie änderten den Kurs so, daß sie der Schnellbootmeute entgegenliefen und auf sie treffen mußten. Nemok ließ das Boot klarmachen für Überwasserangriff.

»Ein Torpedo ist für sie zu schade. Die Dinger sind aus Sperrholz, haben Benzinmotoren und zur Verteidigung kaum ein Brücken-MG. Die nehmen wir uns vierkant vor.«

Nemok ließ tauchen. Unter Wasser waren die Horchbedingungen besser. Gegen 23.30 Uhr meldete der Horcher die Geräusche schnellaufender Motoren an Backbord voraus. Nemok änderte den Kurs so, daß er ihren Kurs kreuzend genau auf sie zulief. Als das Geräusch am stärksten wurde, sie also unmittelbar vor der Schnellbootmahalla standen, ließ er auftauchen. Das Deckkommando stand bereit.

Kaum meldete der LI »Boot ist durch, Brücke frei«,

stürmten sie nach oben, besetzten die 3,7cm-Kanone und die zwei MGs im Wintergarten hinter der Brücke.

Die Schnellboote waren an ihrer hellen Bugwelle gut zu erkennen. Sie preschten heran. *U-77* mitten im Pulk ihnen entgegen. Die Briten mußten sie für ein Ding aus einer anderen Welt halten, so überrascht waren sie.

»Feuer frei bei Zielaufnahme!«

Schon ballerten sie aus allen Rohren los. Mit Leuchtspur. Die U-Boot-Kanone gab Schnellfeuer, die MGs Dauerfeuer.

Die Engländer waren völlig konfus. Sie erhielten fürchterliche Treffer. Ein wahres Massaker entstand. Im Notwurf schmissen sie ihre Minen achteraus von Bord und drehten ab, doch es half ihnen wenig. Im Sprühfeuer, wie bei einem angerissenen Zündholz, explodierte eines der Benzinboote nach dem anderen. Sofort nahmen die U-Boot-Leute Zielwechsel vor, schossen hinter den fliehenden Engländern her und erwischten noch eines der Schnellboote.

»Aller guten Dinge sind vier«, zählte der Obersteuermann und blickte in der plötzlichen Stille den Kommandanten an.

»Kanone und MG-Leute einsteigen. Wir tauchen jetzt ein Stück, bis wir weg sind von hier. Womöglich versuchen sie, uns mit Ferngeschützen zu erreichen.«

Der Strom in der Kanalenge zwischen Dover und Calais stand gegen sie. Mit beiden Dieseln und zugeschalteten E-Maschinen kämpften sie dagegen an und kamen mühsam, aber allmählich durch. Bei Sonnenaufgang hatten sie die Seinebucht und Le Havre querab an Backbord. Niedere Wolkendecke. Keine Flugzeuge. Bei den Vorpostenbooten der 38. MS holten sie um Cherbourg, um die vorspringende Nase der Bretagne herum. Erst auf Kurs Süd, dann Südost.

Der Obersteuermann meldete gegen Abend: »In dreißig Minuten Ansteuerungstonne Lorient.«

Ein Sperrbrecher übernahm sie. Hinter ihm liefen sie langsam durch den Kanal auf den U-Boot-Stützpunkt zu. Die Bunker waren noch nicht fertig, die Organisation Todt baute in Tag- und Nachtschichten daran. *U-77* machte an der Pier fest. Kapitänleutnant Nemok marschierte zur Flottille, um seine Meldung abzugeben.

Der Flottillenchef, ein Kapitän älteren Datums, wartete die Meldung gar nicht erst ab, sondern hängte Nemok das Ritterkreuz um. »Im Namen des Führers. Das andere Blechzeug haben Sie ja schon. Sie wissen, wofür. Einsatz im Atlantik, Spitzbergen, zwei Tanker, der lahmgelegte Zerstörer.«

»Der hat sich an uns nur den Bauch etwas aufgescheuert«, sagte Nemok. »Danach war er leicht zu treffen.«

»Und gestern die vier Schnellboote. Seien Sie nicht so bescheiden, Mann.«

Mehr wollte er über die Fahrt von Kiel bis Lorient offenbar gar nicht wissen. Flo-Chefs hatten andere Sorgen.

»Wann können Sie wieder raus, Nemok?«

»Der Backbordgenerator bringt keine volle Ladeleistung. Immer die Ankerwicklung. Aber das kriegen wir hin. Eine Woche vielleicht.«

Nemok wollte schon salutieren und das Flottillenbüro verlassen, da wandte sich der Flo-Chef noch einmal an ihn.

»Sagen Sie mal, mein Junge, wie kommen Sie zu diesem komischen Namen – Nemok?«

Die Antwort traf Nemok längst nicht unvorbereitet. Er hatte sie drauf. »Meinen Vorfahren – das reicht mehrere Generationen zurück – gefiel der ursprüngliche Name Nemo nicht. Nemo bedeutet lateinisch niemand, außerdem nannte sich der Kapitän des U-Bootes *Nautilus* in dem Jules-Verne-Roman *20000 Meilen unter dem Meer* auch Nemo. Sie schmuggelten deshalb an Nemo zwei Buchstaben dran, damals wurden ja alle Urkunden noch handschriftlich ausgefertigt. Wir nannten uns einige Zeit Nemoki, bis meinem Großvater das –i– nicht mehr gefiel. Er meinte, das klinge zu zigeunerisch. Und so kam es zu Nemok.«

In väterlichem Ton erkundigte sich der grauhaarige Admiral: »Waren Sie schon immer ein so großer Sportler, daß Sie das Boot voll mit diesen Spezialisten übernehmen konnten?«

Nemok versuchte eine Grimasse zwischen Lächeln und Grinsen. »Der Herr hat mir die sportliche Veranlagung nicht in die Wiege gelegt, Herr Kapitän. Mein Vater war von Beruf Archivar mit Hang zur Schauspielerei. Er weiß zwar, wie Sport in zehn Sprachen heißt, hat aber nie welchen ausgeübt. Dafür konnte er Hamlet auswenig im Urtext. Bis zum zehnten Lebensjahr sang ich gräßliche Lieder zur Gitarre – meine Mutter war Musiklehrerin, die von der Operettenbühne träumte. Erst später kam ich ganz zufällig zur Leichtathletik. Doch das ist eine ganz andere Geschichte, Herr Admiral.«

»Müssen Sie mir gelegentlich erzählen, Nemok. Übrigens noch ein Gratisgeschenk von mir: Machen Sie doch drei Tage Urlaub in Paris. Mal was anderes riechen als Dieselmaschinen und Matrosenfürze. Hübsche Mädchen und so.«

Kapitänleutnant Nemok war noch nicht an der Tür, da deutete der Admiral auf eine überseekoffergroße Kiste in der Ecke. Sie war in wasserdichte schwarze Gummihüllen verschnürt. »Die gehört auch Ihnen, Nemok.«

»Und was ist drin, Herr Admiral?«

»Ehrlich, Kapitänleutnant, das weiß ich nicht. Bestimmt weder Champagner noch Kaviar. Großes Geheimnis des Marineoberkommandos. Sie sollen das bei Ihrer nächsten Feindfahrt mitnehmen zur geflissentlichen Verwendung. Einzelheiten erfahren Sie noch. Aber machen Sie sich deswegen keine Sorgen, ich mache mir auch keine.«

An Bord zurückgekehrt, gab es frischen Fisch. Nemok, nicht unbedingt begeisterter Liebhaber der Familien Kabeljau und Hering, fand ihn immerhin gut gebraten. Er wandte sich an den Koch: »Wo haben wir den Außenbordkameraden denn her?«

»Das ist Hering. Von den Kutterfischern, Herr Kaleu.«

»Von diesen Herrn bekommt man doch in der Regel kein Gramm. Die verhökern alles am Markt.«

Der Koch wischte sich die Hände an der weißen Schürze sauber. »Nur die Franzosen, Herr Kaleu. Unsere Ottos da kommen von portugiesischen Fischern. Die hat der Biskayasturm hereingetrieben. Jetzt sitzen sie da ohne Proviant, Zigaretten und Dieselöl. Ich schinsche da was mit Kommißbrot und Rauchwaren.

Der Kutterkapitän Pedro ist ein hochanständiger Mann. Die wachsen hier noch fest und wissen nicht, wie sie nach Hause kommen.«

»Pedro«, wiederholte Nemok. »Gibt es eigentlich einen einzigen spanischen oder portugiesischen Fischer, der nicht Pedro heißt?«

Nach dem Abendessen im Offiziersklub in Paris zogen sie um die Häuser. Nemok hatte einen Crewkameraden getroffen, der sich als Verbindungsoffizier zum Armeestab gut auskannte. In den Bars gefiel es ihnen nicht – zu düster, zu viele Soldaten in grauen Uniformen, dazu Harmonikamusik. Also zogen sie weiter, ins Lido. Dort ging die Abendvorstellung ihrem Ende entgegen. Also auch nicht der wahre Bienenhonig.

»Moulin Rouge?« schlug Nemoks Begleiter vor. »Da fängt die Nachtvorstellung jetzt an.«

Sie bekamen einen guten Platz vorne, aber trotzdem unauffällig in der Ecke. Der Champagner war auch nicht übel. Ebensowenig die halbnackten Mädchen. Es gab Ballett, Schönheitstänze, nackte Titten.

Dann sang wieder ein Tenor den neuesten Schlager *Je suis seul ce soir*.

Glitzerschmuck, Netzstrümpfe, Federboas, erneut Ballett, und plötzlich traute Nemok seinen Augen nicht. Er bat eine Dame am Nebentisch um ihr Opernglas. Dann war er ziemlich sicher: Diese rassige Dunkelhaarige in einem Hauch aus nichts, das war ...

Riesenfreude, aber auch starke Unruhe überfielen ihn. Nach dem Auftritt des Balletts verschwand er hinter die Bühne und suchte die Garderobe der Mädchen auf. Die halbnackten Damen schrien, als er hineinstürmte.

Er fragte die erste: »Wo ist Sonja Jablonski?«

Antwort: »Kenne ich nicht.«

»Die Polin«, wiederholte er.

Das verstand das Mädchen. »La Pollackia!« rief sie.

»Nicht mehr da«, hieß es.

»Sie geht immer sofort nach dem Auftritt nach Hause. Weiß der Teufel, warum. Wo es so viele gutaussehende reiche Verehrer gibt.«

»Ist sie krank?« wollte Nemok besorgt wissen.

»Sie hat wohl Angst vor irgend etwas – vielleicht hat sie falsche Papiere.«

In höchster Eile verließ er das Moulin Rouge. Draußen wußte er zunächst nicht, in welche Richtung er sich wenden sollte. Er hastete den Boulevard Clichy hinauf zum Montmartre. Endlich glaubte er, vor sich eine Gestalt zu sehen. Er spurtete los. Ja, jetzt erkannte er ihren Gang, dieses graziöse Schreiten, das mußte sie sein.

Er rief: »Hallo, Sonja!«

Sie ging schneller. Er legte die Hand auf ihre Schulter, versuchte, sie festzuhalten. Sie schien fürchterlich zu erschrecken, bis sie ihn erkannte.

Ein Glücksschrei und sie umarmten sich lange und stumm, ohne auf die Menschen ringsum zu achten.

»Ich habe immer nur an dich gedacht«, flüsterte sie.

Es gab tausend Fragen, aber sie fragten beide nur: »Wie geht es dir?«

»Wie kommst du hierher?«

»Ich habe dich verzweifelt gesucht.«

Sie bewohnte ein winziges Zimmer ohne Ofen, ohne Licht, ohne Wasser in einem alten Haus am Ende der Treppe, die zur Sacre Coeur hinaufführte. Es stank nach Klo und Hühnerdreck. Oben in ihrem Zimmer steckte sie eine Kerze an und goß aus einer Flasche Rotwein ein.

»Strom gibt es nicht, besseren Wein auch nicht.«

»Hauptsache, ich habe dich endlich gefunden, Liebste.« Völlig außer sich vor Freude erzählte er ihr, wie schwierig das gewesen sei, ja geradezu hoffnungslos. »Und dann dieser Zufall. Mein Gott, das gibt's nicht.«

»Ich mußte fliehen«, erzählte sie. »Die Geheime Staatspolizei war nach dem Attentat auf den General hinter uns her.«

»Gab es Gründe dafür?«

Ihre Antwort war eine Mischung aus Kopfnicken und Schulterzucken. »Gründe gab es genug und für diese Leute immer. Alle haßten den General. Er erpreßte meine Eltern, behauptete, mein Vater sei schuld an den Sabotagen im Walzwerk, das Panzerbleche herstellte. Der General verschaffte sich als unser Treuhänder nicht nur Zugang zu allen Konten, er beschlagnahmte auch unseren ganzen Besitz, den Familienschmuck und brachte ihn angeblich in einen Tresor. Die Partisanen vierteilten ihn, weil er Männer, Frauen und Kinder an Bäumen erhängen ließ.«

Unter Tränen hielt sie seine Hände. Doch sie waren glücklich jetzt.

Die Kerze brannte herunter. Hinter dem Vorhang dämmerte langsam der Tag. Sie hatten sich alles erzählt, lagen nebeneinander auf dem Bett, und Sonja summte langsam das Lied *J'attendrai toujour*.

»Ich habe dich immer erwartet, *mon ami.*«

»Liebst du mich noch?« fragte er.

Sie wich aus. »Ich weiß es nicht.« Sie weinte leise. »Ich bin innerlich wie tot. Zerbrochen. Muß mich erst wiederfinden.«

»Die Liebe, sie wird schon zurückkommen«, tröstete er sie. »Wenn es die echte war.« Er hatte Verständnis dafür, was in ihr kaputtgegangen war und daß sie monatelang in Todesangst gelebt hatte. »Jetzt wird alles gut. Es gibt keine andere für mich, *mon amour.*«

»Ich fühle mich sicher bei dir«, gestand sie. »Endlich.«

»Das Gefühl der Geborgenheit ist auch ein bißchen wie Liebe«, hoffte er. »Ein Teil davon.«

Beide waren sich klar darüber, daß Sonja nicht mehr lange in Paris bleiben konnte. Die Gestapo würde sie irgendwann finden, und das würde zwangsläufig ihr Ende bedeuten. Sie mußte Paris verlassen. Aber wohin? Zu ihren Verwandten in Deutschland konnte sie unmöglich gehen.

»Aber ich habe noch eine Tante in Lissabon«, sagte sie. »Sie besitzt irgendwo in Portugal ein Gut. Dort baut sie seltene Heilpflanzen an und fabriziert Arzneimittel daraus.«

»Portugal«, sagte Nemok, »ist auch nicht der nächste Weg.«

Offiziell gab es viele Möglichkeiten, von Paris nach Lissabon zu gelangen. Die Lufthansa flog täglich die Strecke von Paris an den Tejo. Dazu brauchte man aber Paß und Visum. Ebenso für den Portugalexpreß. Das alles kam für Sonja nicht in Frage. Aber Nemok hatte eine Idee.

Sehr früh, kurz nach Aufhebung der Ausgangssperre, machten sie sich auf den Weg zum Gare du Nord. Dort sprach Nemok den ersten Taxifahrer an. »Können Sie für mich nach Lorient fahren?«

»Unmöglich, Monsieur. Kein Benzin. Außerdem habe ich keine Fahrerlaubnis für die Departements außerhalb von Paris. »

Endlich fanden sie einen Mann, einen Renault-Chauffeur, der von außerhalb kam und wieder zurück nach Rennes wollte. Doch er zögerte noch. »Das sind 350 Kilometer. Wenn ich überhaupt Benzin auftreiben kann, dann bekomme ich es nur gegen Gutscheine oder Gold.«

Nemok hatte nur deutsches Geld, doch beherzt riß sich Sonja ihr Amulett vom Hals. Ein großer Maria-Theresien-Taler hatte dort an einer dünnen Kette gehangen, es war ihr einziger Besitz von Wert.

Der Fahrer prüfte ihn, biß nach der alten Methode darauf. Die Zähne hinterließen einen Abdruck auf der Münze. Er nickte und sagte schließlich: »Steigen Sie ein.«

Auf der Fahrt von Paris über Chartres und Chateaudun wurden sie des öfteren kontrolliert, doch Nemok hatte einen korrekten Urlaubsschein. Vor Ritterkreuzträgern zeigten sie an den Sperren ohnehin große Achtung.

»Und die Dame?« fragte einer der Offiziere.

»Meine Frau«, log Nemok.

Mit einem verständnisvollen Lächeln wurde ihnen die Weiterfahrt erlaubt. Die bretonische Küste erreichten sie bei Dunkelheit. Nemok brachte Sonja in einem kleinen Hotel unter, ließ sich an Bord bringen und knöpfte sich sofort den Koch vor.

»Ist dein Fischlieferant noch da?«

»Jawoll, Herr Kaleu, die hängen alle fest.«

»Los, bring deinen Käpt'n her.«

Es dauerte nicht lange, dann stand ein Mann in geflicktem Rollkragenpullover und Fischerhosen aus kräftigem Baumwolldrell vor Nemok und verbreitete einen Duft von Sardellen. Hinten in Nemoks Schapp, verdeckt durch den dunkelgrünen Filzvorhang, wurden sie handelseinig. Zweihundertfünfzig Liter Diesel, Schokakola, Zigaretten aus Nemoks Beständen, und der Fischer war bereit, Sonja mitzunehmen.

»Gibt es Kontrollen?« fragte Nemok.

»Manchmal an der Dreimeilenzone. Deutsche VP-Boote. Aber wir werden die Dame wie Schmuggelgut behandeln. Wir verstecken sie unter Gammel.«

»Und was ist Gammel?«

»Fischabfall, Herr Kommandant. Der stinkt so, daß keiner nachschaut.«

Nemok schluckte einige Male deutlich und sagte dann entschlossen: »Bringen Sie sie gut nach Lissabon.«

»Eigentlich ist unser Heimathafen Porto«, erklärte der Fischer.

»Dann eben nach Porto«, entschied Nemok schweren Herzens.

Bei Dunkelheit brachte er Sonja an Bord des Kutters. Der Abschied, jetzt, nach dem kurzen glücklichen Wiedersehen, war schlimmer als alles andere.

»Wir sehen uns wieder.«

»Nur kennt keiner den Tag und die Stunde.«

Sie küßte ihn. »Ich war dir bisher treu, werde dir

weiterhin treu bleiben«, flüsterte sie. »Seitdem ich dich kenne, bin ich nicht Sonja Irgendwie, sondern bin ich ich.«

Mit aufkommender Flut legte der Kutter ab und schleuste hinaus in die offene See.

Die Stunde, zu der *U-77* zum Atlantikeinsatz auslaufen mußte, näherte sich. Kurz vorher kam noch ein Melder angeradelt und brachte für den Kommandanten Volker Nemok ein Telegramm, adressiert an seine Feldpostnummer. Nemok riß es auf.

Vereinbarungsgemäß hatte sich Sonja lediglich auf ihre neue Adresse beschränkt. Sie lautete: »Ponta Delgada/São Miguel/Pico de Barrà.«

Diese paar Worte machten Nemok glücklicher und zufriedener, als er es sich je hatte vorstellen können. Vorsichtig faltete er das Telegramm zusammen, steckte es in seine Brieftasche und die an seine Brust. Alle seine Männer gingen an Bord.

Nemok wandte er sich an den Obersteuermann, einen Seefahrer, der in der ganzen Welt herumgekommen war. »São Miguel«, fragte er, »das ist doch eine Insel?«

»Ja, ziemlich weit draußen im Nordatlantik, Herr Kaleu. Paar tausend Seemeilen. Gehört irgendwie zu den portugiesischen Azoren.«

Volker Nemok nickte nur. »Na, dann«, murmelte er.

8

Rußland
Juli 1941

Die deutschen Divisionen stießen nach Osten vor. Die Rote Armee wehrte sich nur stellenweise. Dann mit unzureichenden Mitteln. Ganze Truppenteile wurden eingekesselt. Wo sich Widerstand entgegenstellte, wurde er gebrochen.

Die Heeresgruppe Süd marschierte auf Lemberg und Odessa zu. Die Heeresgruppe Mitte nahm Minsk und Smolensk. Die Stoßrichtung der Nordarmee war Nowgorod und Leningrad. Der Generalangriff jedoch galt unverkennbar Moskau. Die Regierung bereitete die Evakuierung vor. Die Verteidigung wurde organisiert. Die Generäle Timoschenko, Woroschilow und Budjeni übernahmen den geregelten Abzug von Behörden und Industrie hinter den Ural. Dort glaubte man sie vorerst in Sicherheit. Bahn, Busse, Flugzeuge wurden bereitgestellt. Noch ergriff die Bevölkerung keine Panik, trotzdem verließ sie schon zu Tausenden die Hauptstadt.

Hinter dem Bolschoipark standen vier Reihen von Wohnblocks für Prominente, fächerförmig wie die Finger einer flachen Hand. Ein schwarzer Ford-Personenwagen mit amtlicher Nummer bog in die Gitnaya-Straße ab. Drei Männer in Mänteln und mit Hüten betraten eines der Häuser. Zweifellos gehörten sie der Geheimpolizei GPU an. Mit den üblichen versteinerten Gesichtern verteilten sie sich im Aufgang und läuteten im zweiten Stock an der Wohnung von Dr. Hagenski.

Eine etwa fünfundzwanzigjährige blonde Frau öffnete ihnen. Sie musterte die Männer sekundenschnell. »Der Doktor ist nicht da.«

»Wir wollen nicht zu Dr. Hagenski. Sind Sie Natascha Seminowa, seine Köchin?«

Ihre Reaktion lag zwischen Erstaunen und Schrekken. »Was wollen Sie von mir, Genossen?«

»Sie müssen mitkommen.«

»Ich habe nichts verbrochen.«

»Subversive Umtriebe.«

Wie es aussah, konnte sie mit dem Wort subversiv nicht besonders viel anfangen. Der GPU-Mann verdeutlichte es: »Sie haben vom Hausmeister eines der Transparente bekommen, die in der ganzen Stadt aushängen: ALLES FÜR DIE FRONT, ALLES FÜR DEN SIEG. Warum spannen Sie es nicht unter Ihre Fenster?«

»Ich habe es vergessen«, log sie.

»Nein, Sie haben zu dem Hausmeister gesagt: ›Damit würde ich mir nicht einmal den Arsch abwischen.‹«

Sie reagierte empört. »Ein Wort wie Arsch würde nie über meine Lippen kommen. Außerdem habe ich einen schönen Arsch – Sie Arschloch.«

Sie schlug die Tür zu und verschloß sie von innen.

Die GPU-Männer läuteten erst Alarm, polterten gegen die Tür und brachen sie schließlich auf. Aber da war die Seminowa längst über den Balkon, den nächsten Balkon und die Feuerstange entkommen. Mit ihren Trillerpfeifen verständigten sich die GPU-Leute und nahmen die Verfolgung auf. Aber sie holten Natascha Seminowa nicht mehr ein. Sie war auch nirgendwo zu finden. Als sie die Wohung durchsuchten, fanden sie einen Radioapparat neuester deutscher Konstruktion. Doch das Gerät funktionierte nicht. Es war wohl defekt.

Am Flugplatz Noginsk nördlich von Moskau wartete ein Kommando der Geheimpolizei. In den Mittagsstunden landete ein zweimotoriger Tupolew-Bomber. Sie holten Professor Sergej Bistrow aus der Maschine.

Erst fragten sie: »Wo kommen Sie her, Gospodin?«

Bistrow blickte sie erstaunt an. »Ich habe Versuche gemacht. Streng geheim. Mit Nitroglyzerin.«

»Und wo ist Ihr Assistent?«

»Dienstlich in Leningrad. Bin ich jetzt verhaftet oder was?«

Die Beamten überreichten ihm einen amtlichen Schrieb. »Sie sind der wichtigste Mann der Rüstung, Professor. Befehl vom Generalsekretär persönlich: Sie werden hinter den Ural gebracht. In ihr neues Institut. Ein Abteil im Gorki-Expreß ist reserviert. Er geht in einer Stunde ab.«

Der Professor fing an zu lamentieren. »Ja, und mein Labor? Mein Büro? Meine Unterlagen, meine Berechnungen?«

»Alles schon fort, verpackt und unterwegs. Falls Sie noch etwas von Ihrem Assistenten hören – der soll sich sofort melden.«

»Bringen Sie auch den Doktor in Sicherheit«, bat der Professor. »Er hat Angst vor den Deutschen. Er ist geflüchtet, ein Emigrant. Verstehen Sie?«

»Wir verstehen alles«, sagten die Geheimdienstleute ironisch.

Kurz vor Abgang des Zuges um 17.30 Uhr an diesem Tag hatte der Chemiker Professor Sergej Bistrow gerade sein Abteil eingenommen, als er dort noch einmal Besuch bekam.

Etwas aufgeregt meldete ihm ein Polizeioffizier: »Wir können Ihren Assistenten nicht finden, Genosse Professor.«

»Hagenski organisiert für mein Institut in Leningrad seltene Zusatzstoffe.«

»Dr. Hagenski ist nie in Leningrad angekommen, Genosse Professor.«

Das fand Bistrow höchst beängstigend. Aber er zeigte es nicht. »Verdammt, dann suchen Sie ihn. Ohne ihn kommt mein neues Waffenprojekt praktisch zum Erliegen.«

»Wir wissen, daß Dr. Hagenski neben Ihnen einer der wichtigsten Männer der Rüstungsforschung ist«, erwiderte der Polizeioffizier. »Wir werden die Suche nach ihm wohl ausdehnen müssen.«

Noch in den Abendstunden wurden sämtliche von Moskau ausgehenden Züge, Busse, Personenschiffe und Flugzeuge überprüft. Die Geheimdienstleute hatten schnell hergestellte Fotos von Dr. Hagenski dabei, doch sie konnten niemanden finden, der auch nur eine Ähnlichkeit mit dem blonden deutschen Chemiker gehabt hätte.

Der Südexpreß mit Kurswagen Boronesch-Wolgograd mit Endstation Sewastopol auf der Krim donnerte durch die Nacht nach Süden. Eingeklemmt zwischen anderen Passagieren saß ein Mann in Bauernkleidung und mit Klebeband geflickter Brille. Er stellte sich schlafend. An allen Stationen, sobald der Zug hielt, gab es verschärfte Kontrollen. Dann wurden die Gesichter mit Taschenlampen ausgeleuchtet und die Papiere kontrolliert. Der hagere Mann, der aussah wie ein Bauer, zeigte ein vom Ministerium gestempeltes und unterzeichnetes Papier, wonach er nach Wolgograd unterwegs war. Nur einem sehr aufmerksamen Betrachter wäre aufgefallen, daß in den Papieren eine Änderung vorgenommen worden war, nämlich der Zielort. Statt Wolgograd hatte früher Leningrad dort gestanden. Die äußerst geschickte Fälschung hätte man aber nur mit der Lupe erkannt.

Nachdem der Zug wieder angerollt war, drängelte sich eine junge Frau, blond gezopft, etwas stämmig, mit hübschem Bauernmädchengesicht durch die Menge der Passagiere und die Berge von Gepäck bis zu einem bestimmten Abteil. Dort weckte sie den als Bauern verkleideten Fahrgast und flüsterte ihm etwas zu.

»Die Überwachung wird immer stärker, Doktor. Wir müssen raus. Ich habe das organisiert.«

An einer Steigung, wo der Nachtzug nur etwas mehr als Schrittempo fahren kannte, sprangen sie ab und versteckten sich zunächst im hohen Gras des Bahndamms. Als es dämmerte, machten sie sich auf den Weg zur nächsten Ortschaft. Dort brachte es Natascha Seminowa fertig, einen Panjewagen und ein Pferd zu organisieren. Wortlos nahm Dr. Hagenski neben ihr Platz. Sie fuhren durch baumlose Steppe.

Nach einer Weile meinte er: »Das sind noch gut vierhundert Kilometer bis zur Küste.«

»Na und«, antwortete sie, »das schaffen wir in einer Woche. Besser schlecht gefahren als gut gelaufen, Doktorchen.«

Sie hatte die Ruhe weg, was er immer schon an ihr bewundert hatte.

9

U-Boot-Stützpunkt Lorient
Juli 1941

U-77 war auslaufbereit für den Atlantikeinsatz. Der LI und der I WO meldeten das Boot klar. Technisch war es absolut in Ordnung, zu achtundachzig Prozent, die Treibstoffbunker voll bis zum Verschlußdeckel, Proviant und Munition an Bord, die Mannschaft vollzählig und gesund. Gegen Abend, bei Hochwasser, sollte durchgeschleust werden.

Kapitänleutnant Volker Nemok hatte sich telefonisch bei der Dienststelle abgemeldet. Doch Minuten vor dem Ablegen kam ein schwerer Mercedes den Pier herauf. Zwei Maate trugen einen wasserdicht verpackten Koffer an Bord und ließen ihn durch das Torpedoluk ins Innere von *U-77*. Er paßte knapp hindurch. Dann entstieg der Flottillenchef Kapitän z. See Ritter der marineblauen Limousine, um *U-77* persönlich zu verabschieden.

»Krieg' ich einen Kaffee bei Ihnen, Nemok?« fragte er.

»Den besten, Herr Kapitän.«

Der Flottillenchef hatte eine Aktenmappe dabei, die er nicht losließ, auch nicht, während er in die Zentrale kletterte. Der Kommandant von *U-77* sorgte dafür, daß sie in der O-Messe allein waren. Der Koch brachte süßen, sahnigen Marinekaffee, und der Flottillenchef legte die Mappe auf die Back.

Seine Hand flach darauf gepreßt, sagte er: »Erst müssen Sie mir erzählen, wie Sie das Kommando über ein Boot mit lauter Spitzensportlern erhalten haben.«

Nemok holte etwas aus, aber nicht allzu weit. Während er nachzuckerte und den Kaffee in der Tasse umrührte, berichtete er: »Ich komme aus Goslar, Herr Kapitän, mein Vater leitete dort die Stadtbibliothek, ehe er zum Theater ging. Als Liebhaber des Nibelungenzirkus wollte er mich erst Giselher nennen. Das war meiner Mutter dann doch zu weibisch, also bekam ich den Namen Volker. Bis zum zehnten Lebensjahr war ich ein absolutes Muttersöhnchen, eine Schwachmarke. Höchstens, daß ich gelegentlich meinen Freund Alexander, ein absolutes Sport- und Mathematikgenie, zum Training begleitete. Er lief die hundert Meter in elf Sekunden. Ich beneidete ihn sehr, ohne es zu zeigen, aber er ahnte es wohl. Eines Tages sagte er zu mir: ›Du kannst ganz leicht eine sportliche Größe werden, Volker. Beim letzten Landessportfest ist nur ein Mann beim Dreisprung angetreten, und der ist bestimmt eine schlimmere Trantüte als du.‹ Ich willigte ein, wenn auch nicht begeistert. Auf jeden Fall begann ich zu üben. Erst die Technik der drei Hüpfer, dann die Weite. Ich mußte laufen – Kurzstecken, Mittelstrecken – und schaffte im Dreisprung schließlich elf Meter. ›Der Weltrekord liegt bei sechzehn‹, sagte Alexander, ›aber aller Anfang ist schwer‹.« Ritter trank einen Schluck, und Nemok erzählte weiter. »Ich habe mich wirklich geschunden und geplagt, jeden Tag, jeden Abend habe ich Übungen gemacht, Hanteln gestemmt, geturnt an Geräten, bin geschwommen, und als ich beim nächsten Sportfest wirklich Zweiter wurde, wuchs meine Begeisterung, ja, sie wurde zum Fanatismus. Ein Jahr darauf wurde ich Erster im Dreisprung, machte das Sportabzeichen, und bald darauf sogar das goldene. Welches Gerät mir auch immer in die Quere kam, ich versuchte damit umzugehen. Ich lernte reiten, fechten, kleinkaliberschießen. Bald wurde mein total verweichlichter Körper sportlich und gestählt, ich bekam Muskeln. Nach dem Abitur zahlte mir mein Vater eine Griechenlandreise, nur weil ich unbedingt die zweiundvierzig Kilometer auf der Original-Marathonstrecke bewältigen wollte. Ich lief also vom Meer bis nach Athen bei drückender Hitze. Und abends, als es abkühlte, heimlich noch einmal zurück. Mit der Bergsteigerei fing ich später an. Beim Alpenverein wurde man auf mich aufmerksam. Das brachte eine Teilnahme an der Nanga-Parbat-Expedition ein, von der ich als einer der wenigen Überlebenden zurückkam.«

»Ist ja interessant«, staunte der Flottillenchef. »Aber wie kamen Sie auf den olympischen Fünfkampf?«

Nemok kam jetzt in Fahrt. »Eines Tages las ich eine faszinierende Geschichte. Ein schwedischer Offizier hat angeblich den Fünfkampf erfunden, und zwar mit folgender Vorgeschichte: Im Krieg hat ein Adjutant eine Meldung zu überbringen. Er reitet los, was das Zeug hält. Plötzlich bekommt er Feuer. Das Pferd wird ihm unter dem Hintern weggeschossen. Das zwingt ihn, sich selbst mit dem Revolver zu verteidigen. Er schlägt sich mit der Waffe in der Faust durch die feindliche Linie, wird verfolgt, muß einen Fluß schwimmend durchqueren und laufend sein Letztes hergeben, um die Meldung zu überbringen. Daraus hat man dann den Fünfkampf gemacht.«

Der Kapitän wußte im Augenblick gar nicht, was er dazu sagen sollte. »Sie sind mir schon einer, Nemok. Versuchen Sie, auch weiterhin die Nase oben zu behalten. Glück scheinen Sie ja zu haben. Sie operieren ab sofort im Nordatlantik auf britische Geleitzüge.«

Ritter verabschiedete sich mit einem Blick auf die Uhr. »Flut hat eingesetzt.«

»Und was ist mit dem Koffer?« fragte Nemok.

»Ach ja.« Der Flottillenchef übergab Nemok einen mehrfach versiegelten Umschlag. Darauf stand ein Wort: LURCH. »Auf Funkcode des BdU hin öffnen Sie die Order LURCH. Mehr weiß ich auch nicht.«

Nemok bemerkte etwas ratlos: »Mit dieser Kiste mitten im Atlantik, was soll ich da?«

»LURCH«, antwortete Kapitän z. See Ritter noch einmal. »Und kommen Sie heil zurück, mein Junge.«

Auf dem üblichen Weg arbeitete sich das deutsche U-Boot das Stück durch die Biscaya auf Irland zu, dann durch den St. Georg-Kanal zwischen Irland und England hinauf in den Nordatlantik. Sie kamen in schweres Wetter und erreichten nach zehn Seetagen das Operationsgebiet. Aber alles war, als sei Ostern und Weihnachten zusammen, ein einziger Feiertag. Totale Stille, kein Schiff zu sehen, kein Mast, kein Schornstein. Auch die anderen Boote, die voraus, südlich oder nördlich von ihnen standen, hatten keine Sichtung. Die Stimmung an Bord wurde von Tag zu Tag mieser. Die Männer schlichen bedrückt herum, erledigten verbissen ihre Routinearbeit. Die Wachen kamen tropfnaß und halb erfroren vom Turm. Kaum erholt, mußten sie für die nächste Wache hoch. Endlich, nach zermürbenden Wochen, meldete das Boot *ENDRASS* Geleitzugkontakt. Der BdU konzentrierte alle seinen grauen Wölfe auf dieses Planquadrat. Mit großer Marschfahrt lief auch *U-77* mit 325 Grad. In den Abendstunden war das Maschinenstampfen eines großen Geleitzugs zu hören. Ringsum wurde schwer gekämpft. Torpedotreffer, Explosionen, das Spantenkrachen sinkender Schiffe, aber auch das aufgeregte Herumfahren der Bewacher. Nemok setzte sich vor den mit Ostkurs laufenden Geleitzug und griff an. Trotz der Wabo-Treffer ringsum, mit denen Bewacher die anderen Boote verjagen wollten, fuhr er einen beinahe schulmäßigen Angriff. Seine Torpedos trafen. Ein Transporter von etwa 4000 Tonnen sank binnen Minuten. Nemok ließ nachladen. Doch im selben Moment brachte der Funker eine BdU-Nachricht. Er hatte sie noch vor dem Tauchen aufgenommen, jetzt lag sie entschlüsselt vor Nemok. Im Grunde bestand sie nur aus einem Wort: LURCH.

Für *U-77* bedeutete das, trotz aussichtsreichster Angriffsposition, sofortigen Abbruch. Nemok öffnete den versiegelten Umschlag, las ihn durch und veranlaßte zunächst Lösung vom Geleit, Kursänderung auf Südwest.

Zu dem Obersteuermann sagte er: »Berechnen Sie den Kurs für das mittlere Planquadrat zwischen 30 und 40 Grad Nord.«

Die drei Offiziere von *U-77*, der I WO, der LI und der II WO waren zum Befehlsempfang in der Messe versammelt.

»Was ein Lurch ist, wissen Sie«, begann Nemok.

»Eine Art Frosch«, meinte der II WO. »Da schmekken nur die Schenkel gut.«

»Wer es mag«, meinte der LI angeekelt.

»Der BdU würde die Operation niemals ohne Grund Frosch nennen. Die Lurche können über Wasser, unter Wasser und auf dem Trockenen alles.«

»So wie wir ...«

»Meine Herren«, unterbrach Nemok, »wir laufen ab sofort auf Südkurs Richtung Azoren. Der Order liegt eine Generalstabskarte bei. Die Azoren sind bekanntlich neun Inseln. Die östlichste davon ist São Miguel. Laut Karte befindet sich dort hoch an einer Felswand eine automatische Wetterstation. Sie hat ihren Betrieb beendet, denn die Trockenbatterien sind leer. Das Oberkommando braucht aber auf jeden Fall aktuelle Wettermeldungen von den Azoren, denn hier brauen sich die Hochs und die Tiefs zusammen.«

Er besprach noch Einzelheiten des Einsatzes, verteilte die Rollen und unterrichtete dann die Besatzung, warum er sich schweren Herzens vom Geleitzug gelöst hatte.

Nach vier Tagen hatten sie die tausend Meilen bis zu den Azoren ohne weitere Belästigung durch Flugzeuge oder Aufklärer hinter sich gebracht. Indem sie sich vorsichtig an die Küste herantasteten – die Seekarten und Segelhandbücher waren hier nicht sehr genau –, fanden sie eine einsame, von hohen Felsen umgebene Bucht, in die ein Fluß mündete. Der I WO hatte inzwischen das Spezialkommando ausgewählt. Nemok wollte es selbst anführen.

»Sie übernehmen das Boot«, wandte er sich an Maurer, »für den Fall, daß uns etwas zustößt. Zunächst bringen Sie das Boot auf Tiefenlinie zwanzig, tauchen ab und nehmen jede Stunde einen Sehrohrrundblick.«

Sie verabredeten ein Signal mit der Blinklampe. Dann pullte das Kommando – vier Mann – mit dem Schlauchboot und dem Koffer mit den Batterien an Land. Das schlechte Wetter, Regen und heftiger Wind, trug dazu bei, daß kein Mensch draußen unterwegs war. Kein Jäger, nicht einmal Fischer. Sie ruderten den kleinen Fluß hinauf bis zu einem Wasserfall. Dort nahmen sie, wie sie es mit Hilfe der Generalstabskarte geplant hatten, die südliche Wand in Angriff. Für einen Mann mit Seil und Haken hochzukommen war noch möglich, sie mußten aber den neunzig Kilo schweren Koffer mit nach oben wuchten. Eine Knochenarbeit, eine Gewalttour bei totaler Finsternis.

Das Licht ihrer Lampen geisterte herum. Die Wand war mehrere hundert Meter hoch, glatt und naß. Schwarze Felsen rechts und links, rauhes Lavagestein, glitzernd vom Dunst der Nacht. Sie nagelten sich hinauf und brauchten drei Seillängen, bis sie den schrundigen Stein überwunden hatten. Die Dunkelheit drückte schwer aufs Gemüt. Sie schafften es nur unter großen Anstrengungen. Der Mond segelte hinter Wolken. Nemok war sich klar darüber, daß er damals vor zehn Jahren längst aufgegeben hätte, daß er jetzt in der Wand hinge wie ein ausgemergeltes Stück Protoplasma. Aber schließlich hatte er im Sport Blut geleckt und war heute in guter Form. Damals in Griechenland hatte sich sogar die SS um ihn für ihre Sport-Kompanie bemüht. Lieber hatte er sich dann freiwillig zur Marine gemeldet.

Die drei Männer seiner Begleitung waren die besten der Besatzung. Der erste von ihnen entdeckte die Höhle in der überhängenden Wand mit dem Sender. Hier oben, wo ihr Ziel lag, pfiff eisiger Wind. Das automatische Gerät, das selbsttätig Luftfeuchtigkeit, Temperatur, Wind, Lichteinfall etc. maß und funkte, war praktisch tot. Die Männer brauchten aber zunächst eine Pause, um die harten Muskeln zu massieren. Dann erneuerten sie die Trockenbatterien. Nun würde der Sender vermutlich wieder ein Jahr lang arbeiten.

»Wer hat den wohl hier angebracht?« fragte einer.

»Vermutlich Gebirgsjäger.«

»Die reitende Gebirgsmarine also.«

Der Sender funktionierte wieder voll. Nemok gönnte seinen Männern eine Zigarettenpause. Er blickte nach Südosten. Der Regen hatte nachgelassen, die Nebelfetzen verzogen sich wie weiße Kissen, die der Wind wegwehte. Man konnte die Linie der Berge sehen. Er schätzte, daß sie ungefähr zehn bis fünfzehn Kilometer entfernt waren.

»Wer ist denn der hohe Gipfel da hinten?« fragte einer.

»Das ist der Alto de Pico. Laut Karte zweitausenddreihundertfünfundfünfzig Meter hoch.«

»Alles vulkanisch«, sagte einer und betrachtete seine blutenden Finger, die er an der rauhen Wand aufgerissen hatte.

»Gibt es hier eigentlich Menschen, Herr Kaleu?«

»Ja, fast eine Viertelmillion.«

»Wovon leben die?«

»Na ja, Walfang, Fischfang. Angeblich wachsen sogar Bananen und Apfelsinen. Auch Zuckerrüben werden angebaut.«

»Und das soll das Paradies sein? Man hört doch immer, das hier sei das Paradies.«

Nemok war selbst nie auf den Azoren gewesen. Aber er wußte von Sonja, was ihre Tante auf dem Gut kultivierte.

»An der Südflanke des Alto de Pico bauen sie auch Arzneipflanzen an.«

»Was sind das für Gewächse?«

Nemok wußte es auch nicht genau und zählte beliebig ein paar auf: »Fingerhut, Goldregen, Chinarinde, Mohn, Tollkirsche.«

»Aus dem Mohn wird dann wohl Opium gemacht? Und wie macht man das mit den Heilkräutern?«

»Wie man Schnaps brennt oder Klosterlikör herstellt«, sagte einer, »du Döskopp.«

Der Abstieg wurde eine Tortur. Sie brauchten alle Seillängen. Die Knie schmerzten. Die Gelenke, die Beine wurden steif. Auf dem Rückweg ging Nemok als letzter. Mehrmals verharrte er und blickte nach Norden über die Insel, wo jetzt aus einem Wolkenloch das Morgenrot sickerte. Nur ein paar Kilometer von hier war die Hafenstadt Ponta Delgada, und dort war in einem Haus in Sicherheit die Frau seiner Träume. Ihr schwarzes Haar würde sich auf den weißen Bettlaken ausbreiten, und er hätte sie verdammt gerne wachgeküßt. Sie war die Liebe seines Lebens, doch er konnte sie nicht erreichen, nur an sie denken. Das Herz wurde ihm schwer.

Bald sahen sie in der Tiefe das Meer. Nach einer Stunde kam die Sonne heraus. Die ersten Schmetterlinge tanzten. Vom Strand her gaben sie das vereinbarte Blinksignal.

Wie ein mächtiger schwarzer Wal in der Gischt angeblasender Tauchtanks schälte sich das Boot aus der See. Sie ruderten hinüber. Bei Dunkelheit kehrte das Kommando an Bord von *U-77* zurück.

»Funker«, rief Nemok, »Meldung an BdU: LURCH durchgeführt.«

10

Dnjepr-Distrikt
Juli 1941

Daß sich ein russischer Bauer seinen Panjewagen samt Pferd stehlen ließ, würde er weniger hinnehmen, als wenn man ihm die Frau geraubt hätte. Das Wetter jedoch meinte es gut mit den Flüchtenden. Der Südwind vom Meer her fegte über die trockene Erde und sorgte für einen Staubsturm so dicht wie Nebel in der Elbmündung. Natascha Seminowa und Dr. Hagenski hatten die Pullover bis über die Augen hochgezogen und verständigten sich ausschließlich schreiend.

»Immerhin liegt Moskau tausenddreihundert Kilometer hinter uns.«

»Und vor uns dreihundertfünfzig bis Odessa.«

Zu Fuß mindestens eine Woche.

Sie fuhren bis zum Abend, die Nacht hindurch, bis der magere Gaul ausgespannt werden wollte und die dürre Prärie abgraste. Sie legten sich solange hin.

»Wir brauchen keine Wache«, sagte Natascha. »Ich habe Ohren wie eine Wüstenspitzmaus.«

Sie war es auch, die als erste das Flugzeug hörte. Es

war eine alte einmotorige Rata im Tiefflug. Zweifellos wurden sie gesucht. Funkgeräte arbeiteten eben doch schneller.

Die Rata flog in weiten Achterschleifen. Das verschaffte ihnen Zeit, den Panjewagen ins Gebüsch zu schieben und das Pferd unter einem Baum anzubinden.

Dr. Hagenski konnte sich ausrechnen, daß sie den Wettlauf gegen die Verfolger so nicht gewannen. Mit dem Panje waren sie bis zur Küste mindestens sechs Tage unterwegs. Bis dahin hatte man sie längst gefangen. Da half nur noch Frechheit. Sie hielten direkt auf das nächste Gehöft zu. Dort wimmelte es von Soldaten. Überall standen Kraftfahrzeuge und Zelte.

Der Chemiker präparierte seine Köchin. »Sag ihnen, du hast unterwegs einen Wagen gefunden.«

»Die werden mir nicht glauben.«

»Oder sie werden sich freuen. Lach sie ein bißchen an.«

Während Natascha mit den Soldaten herumquatschte, schaute er sich bei den Lastwagen um. Es waren meist starrachsige Wagen mit einfachen Bosch-Zündschlössern. Die Schlüssel waren abgezogen. Man konnte sie aber mit jedem Nagel anlassen. Ausgerechnet jetzt fand er nur krumme. Mit einem Stein schlug er den passenden Nagel gerade, startete, fuhr los. Natascha sprang während der Fahrt auf.

»Jetzt werden sie uns erst recht hetzen.«

»Aber so kommen wir in einer Stunde fünfzig Kilometer weit und können bis zum Abend am Meer sein.«

In der Dämmerung waren bereits fast alle Straßen, von weitem erkennbar, mit Straßensperren blockiert.

Seminowa und Dr. Hagenski sahen Wagenkolonnen durch die Prärie rasen. Doch Natascha, die hier geboren war, kannte jeden Weg und Steg.

»Nächste Wegkreuzung links.«

Hagenski fuhr durch lichte Birkenwälder, die kaum Deckung boten, und passierte eine Furt im Nebenarm des Djnepr. Hinter Hügeln tauchte ein schloßartiges Gebäude auf. Es war ziemlich heruntergekommen. Hagenski hatte eher eine strohgedeckte Hütte erwartet.

»Hat mein Urgroßvater noch gebaut«, sagte Natascha stolz. »Er betrieb eine Ölsardinenfabrik. In der Revolution ging alles kaputt. Das hat uns zu Stalingegnern gemacht.«

»Für eine Nacht taugt es«, meinte Hagenski. »Raum ist auch für Grafen in der kleinsten Hütte.«

Das Haus war leer. Die Bewohner hatten es fluchtartig verlassen. Aber was sie suchte, fand Natascha. Den Radioapparat, ein Batteriegerät, hinter einer Kamintür.

»Das Ding ist nie gegangen«, bedauerte sie.

»Ist ja auch kein Radio, sondern ein Sender, Gospodina.«

Auf der Welle des deutschen Auslandsgeheimdienstes gab Hagenski den Code durch. Er lautete »TELL«. Vier Buchstaben. Einfach »TELL«.

»Warum TELL?«

»Durch diese hohle Gasse muß er kommen.«

Sie hatte nie von Schiller gehört.

Zusätzlich funkte er noch seinen Standort durch und ab wann er in der Bucht, die auf Russisch Karkinits'ka Zatoka hieß, bereitstehen würde. Bis Mitternacht morste er den Funkspruch mehrmals, bis er endlich bestätigt wurde.

»Geduld – wir holen euch raus.«

Wenn sie vom Parterre auf die Terrasse hinaustraten, sahen sie die Biwakfeuer der Soldaten. Man konnte den Rauch sogar riechen. Kartoffelrauch. Kartoffeln und Salz waren immer noch die Hauptnahrung der Muschiks. Sonntags mit Hering oder Gurke.

»Wir müssen zusehen, daß wir hier wegkommen«, sagte der Chemiker mehr zu sich selbst. »Morgen früh kreisen sie uns ein und finden uns. Wie weit ist es noch zum Treffpunkt?«

»Gut ein Werst«, schätzte sie.

»Ich hätt's gern in Kilometern.«

»Fünf oder sechs, aber ... wir müssen noch über den Fluß.«

Daß der Dnjepr an dieser Stelle sehr breit war, das wußte er, aber auf dem Lastwagen hatten ein paar Benzinkanister gelegen.

Wie es dann weitergehen sollte, das überließ er Natascha, dem Naturkind. Sie hatte etwas von einem Fischkutter erzählt. Gern ließ er sich überraschen.

Einmal fragte sie ihn: »Nimmst du mich mit?«

»Wohin?«

»Überallhin.«

»Klarer Fall«, wich er aus.

Der morsche Schwarzmeerkutter hatte schon bessere Zeiten gesehen. Sie machten ihn in dem verlassenen Fischerhafen von Genitschesk los. In der Ebbströmung trieb er langsam ab. Dr. Hagenski schaute sich den einzylindrigen Glühkopfmotor an. Daß der jemals laufen würde, war so unwahrscheinlich, wie daß der Teufel Halleluja sang. Im Steuerhaus lag eine zerfledderte Seekarte, der zu entnehmen war, wohin sie getrieben wurden. Zweifellos südlich auf das offene Meer. Aber ebenso zweifellos nicht zu dem Treffpunkt mit dem U-Boot.

In der Morgenbrise setzten sie das zerrissene Segel. Immer wieder tauchten russische Küstenwächter auf. Einmal nah, einmal fern. Einer kam sehr dicht an ihnen vorbei. Der Kommandant rief etwas mit Megaphon herüber, aber dann hob Gottvater den Daumen und schickte eine prasselnde Regenböe.

»Die kommen wieder«, fürchtete Hagenski. »Mindestens noch acht Stunden bis zur Dämmerung.«

Das große Zittern begann.

Im Mündungsdelta des gewaltigen Flusses bildeten Hunderte kleiner und großer Schilfinseln einen Irrgarten. Aus dem bleigrauen Wasser ragten die Halme bis in drei Meter Höhe. Jetzt im Sommer waren sie grün und färbten sich unten langsam gelb. Da das Ruder des Kutters in der Strömung kaum reagierte, benutzte der drahtige, sportliche Hagenski den Querbaum des Spreetsegels und stakte damit den Kutter in Deckung. Kaum hatte sich das Schilf hinter ihnen geschlossen und wieder aufgerichtet, fiel er erschöpft an Deck.

»Nix Arbeiter der Faust – Kopfarbeiter«, keuchte er.

Natascha Seminowa goß einen halben Becher Wodka aus der Flasche und rollte ihm eine Papirossa.

»Du kannst aber auch alles«, staunte er, langsam ausrauchend. »Prima Hausfrau.«

»Fast alles«, schmälerte sie. »Wir sind ein guter Stamm. Fischer, Viehzüchter. Meine Mutter kommt aus einem Gutshof in der Ukraine. Alles enteignet. Dort rosten jetzt die Traktoren. Die Weizenfelder bleiben unbestellt.«

Sorgen um ihre Angehörigen schien sie sich aber nicht zu machen.

»Wo sind deine Eltern?« setzte er vorsichtig an.

»Wir haben Verwandte in Odessa. Dorthin sind sie schon geflüchtet, als hier die Verfolgung durch die GPU begann. Jenseits der Grenze in der Moldowa haben die Roten noch nicht so viel Einfluß.«

Sie schwiegen meist. Hagenski hatte sehr behutsam geraucht, damit nicht aufsteigender Qualm sie verriet. Die Strömung im Schilf gurgelte um den Kutter herum.

»Was machen wir mit den Kanistern?« fragte Natascha.

An Ösen hatten sie sie zusammengebunden und als Floß benutzt.

»Brauchen wir vielleicht noch.«

Den Peilsender versteckte er unter Deck und hütete ihn wie ein Trinker seine letzte Flasche Branntwein. Trotz der herauskommenden Julisonne schien Natascha zu frieren. Dr. Hagenski hängte ihr seine mit Schafpelz gefütterte Pilotenjacke um. Ein Beutestück aus dem Tupolew-Bomber.

»Wie lange kann es dauern?« fragte sie später

»Mindestens eine Woche«, schätzte er.

Der Proviant reichte für ein oder zwei Tage. Hart gewordenes Brot und geräucherter Fisch im Zustand des Vergammelns. Das süße Wasser der Flußmündung konnte man zur Not trinken, wenn man es mit Wodka versetzte.

»Der Schnaps geht auch zu Ende.«

Natascha war ein einfaches, aber im Grunde kluges Mädchen. Oft hatte Hagenski die gute Bildung der

Frauen der russischen Mittelschicht bewundert. Die lasen sogar Tolstoi und Dostojewski in der Schule.

Einmal fragte sie: »Wie kommt ein deutsches U-Boot ins Schwarze Meer, Doktor Gospodin?«

»Die kleinen hat man auf Lastkähnen die Donau heruntertransportiert. Die großen müssen durch die einzige Öffnung, die es gibt: den Bosporus. Doch das ist bis heute noch keinem unbemerkt gelungen.«

Ihr hübsches, flaches Bauernmädchengesicht drückte Zweifel aus. »Und wenn es nicht durchkommt? Wenn sie es abfangen?«

»Dann muß ich mit nach Odessa«, entschied er zögernd.

Diesmal schien ihr Denkprozeß langsamer voranzugehen. »Ist es kriegsentscheidend?«

»Was?«

»Was du in deinem Kopf hast.«

»Entscheidend für wen?«

Das Thema war heikel. Er wollte sich nicht darauf einlassen. Er fragte dagegen: »Liebst du Stalin?«

Ab und zu hörte man draußen eines der Wachboote vorbeituckern. Dann suchten sie mit Scheinwerfern das Schilf ab. Hin und wieder schossen sie auch mit ihren langsam hämmernden Maschinenpistolen blindlings hinein. Aber um Mitternacht wurde es ruhig.

Es mußte schon gegen Morgen sein, da hörte Hagenski Nataschas nackte Füße auf den Planken und am Niedergang zur Kajüte. Im Dunklen tastete sie sich näher, fand seine Koje und legte sich zu ihm. Sie suchte seine Wärme.

11

Geheimer Einsatz
Juli 1941

Nach Ergänzung von Treibstoff, Proviant und Torpedos verließ *U-77* Lorient. Der Befehl lautete: Kurs Nordatlantik, Kampf gegen britische Geleitzüge. Bei der Ansteuerungstonne nahm sie der Sperrbrecher auf. Das war ein dickes Schiff, vollgeladen mit leeren Fässern, also praktisch unsinkbar. Er hatte die Aufgabe, das Fahrwasser von Magnetminen freizuräumen, die von Engländern beinahe jede Nacht aus Flugzeugen abgeworfen wurden. Als sie nach etwa zwei Stunden tiefes Wasser erreicht hatten, entließ Kapitänleutnant Nemok, Kommandant von *U-77*, durch Blinkzeichen den Sperrbrecher. Dem Rudergänger befahl er Kurs 40 Grad, Südspitze von Irland, um dann in den St. Georg-Kanal einzulaufen, den kürzesten Weg in das Operationsgebiet.

U-77 fuhr aufgetaucht, doppelter Ausguck achtete auf Flugzeuge. Die Spitfires kamen besonders gern in der Dämmerung. Der Koch brachte eine Kanne Kaffee herauf. Hinter ihm erschien der Funker. Er hatte seine blecherne Kladde in der Hand. Der Text war schon vom I WO entschlüsselt worden. Er lautete: Operation Atlantik abbrechen. Neues Ziel 26/23 Nord Breite, 19/56 östlicher Länge. Einlaufen Heraklion.

Nemok reichte den Funkspruch dem Obersteuermann.

»Heraklion«, murmelte Kramer, »das liegt auf Kreta. Die Insel haben wir doch erst vor kurzem erobert.«

»Bei der Landung der Fallschirmjäger soll sich unser Boxweltmeister Max Schmeling den Knöchel verstaucht haben.«

»Der Ärmste«, spottete Kramer.

»Aber wir dürfen dafür durch Gibraltar.«

»Der schlimmste denkbare Auftrag für ein U-Boot, Herr Kaleu.«

Nemok wollte nicht, daß die Männer auf der Brücke ihr Gespräch mithörten. Also kletterte er mit dem Obersteuermann hinunter in die Zentrale. Über die Karte gebückt sprachen sie leise.

»Daß durch Gibraltar von zehn U-Booten nur eines durchkommt«, bemerkte Nemok, »ist mir bekannt. Die Briten bewachen den Durchlaß vom Atlantik ins Mittelmeer mit allem, was sie an Schiffen auftreiben können. Hunderte von ihnen lauern auf wenigen Seemeilen. Sie fürchten einen Angriff auf Gibraltar. Dort liegen die einzigen Docks für große Schiffe in ganz Südeuropa.«

Der Obersteuermann rechnete schon. »Fahrwasserbreite vierzehn Kilometer, Tiefe dreihundert. Starke Strömung. Die Oberflächenströmung vom Atlantik ins Mittelmeer hat bei Flut bis zu zehn Stundenkilometer.«

Nemok warf den Zirkel auf die Karte und grübelte über eine Durchbruchstechnik nach. »Weiß der Teufel, was uns in Kreta erwartet. Das dicke Ende kommt meistens erst noch.«

Und Kramer fügte hinzu: »Das dicke Ende ist schon Gibraltar, Herr Kaleu. Es ist die gefährlichste aller Passagen, die ich mir vorstellen kann. Auf der ganzen Welt gibt es nur noch eine einzige schlimmere.«

Der Obersteuermann hütete sich, den Namen auszusprechen.

Sie legten den Kurs durch die Biskaya fest und den Punkt westlich von Kap São Vicente, von wo aus sie Marokko ansteuern mußten. Nemok konnte sich nicht erinnern, wann in letzter Zeit ein U-Boot in Gibraltar durchgekommen war. Aber es mußte einen Weg geben.

»Früher hieß es immer, hängt euch an einen Frachter, am besten, ihr lauft zwischen zwei Frachtern. Aber diesen ausgelutschten Trick haben die Engländer längst mitgekriegt und abgestellt. So läuft da nichts mehr. Wir müssen uns etwas anderes einfallen lassen.«

»Aber was, Herr Kaleu?«

Nemok teilte der Besatzung über Bordlautsprecher die Kursänderung mit. Sie liefen weiter mit Marschfahrt, Kompaß 210 Grad.

Die Gefahr, in der Biskaya von britischen Aufklärern entdeckt zu werden, war gering. In den nächsten Tagen sorgte ein steifer Nordwest dafür, daß das Wetter schlechter wurde, daß sich *U-77* halb durch die Wellenberge arbeiten mußte und auch von anderen Schiffen kaum bemerkt werden konnte.

Fünfzig Stunden später, schon halbwegs im Bereich der afrikanischen Küste, besserte sich das Wetter. Sie legten sich zunächst auf Grund, um einen günstigen Augenblick abzuwarten.

»Wenn die Strömung mit angenommen acht Kilometern in der Stunde schiebt und wir mit AK achtzehn Kilometer schnell laufen, wird das ein ganz schöner Zahn«, rechnete der Obersteuermann aus. »Fast Schnellboottempo. Aber ein Risiko ist es immer.«

»Wir brauchen eine Nacht, regnerisch, schlechte Sicht, noch besser wäre Nebel«, wünschte sich Nemok.

Normalerweise hätte er seine Männer aufgefordert, ihr Testament zu schreiben, doch er wollte keine Unruhe an Bord. Ab und zu tauchten sie auf, setzten ihren Funkspruch ab und hörten die Wettermeldungen. Noch einen Tag später sah es so aus, als würden die Bedingungen gut. Aufliegender Nebel wurde gemeldet. Nemok ließ den Kurs so dicht wie möglich an der afrikanischen Küste entlang absetzen. Den Grund dafür behielt er zunächst für sich. Als ihm Dämmerungsbeginn gemeldet wurde, tauchten sie auf und begaben sich zwischen Kap Trafalgar und der Bucht von Alkeziras hinein in den tödlichen Schlund.

»Beide Diesel AK«, befahl Nemok. »Notfalls E-Maschinen zuschalten.«

Dann gab er weitere Befehle, die zunächst auch niemand verstand.

»Torpedorohr eins und zwei bewässern.«

Eine Stunde später hatten sie die engste Stelle erreicht. Um sie herum ein Gewiesel von Bewachern, U-Boot-Jägern, Fregatten, Zerstörern. Sie kamen von allen Seiten, verschwanden wieder, andere lösten sie ab. Ständig wurden Leuchtgranaten geschossen.

Nemok wandte sich an den I WO: »Haben Sie das Handbuch studiert?«

»Die afrikanische Küste ist felsig, Herr Kaleu.«

Alle rätselten herum, was der Alte vorhatte, aber dann erfuhren sie es schnell. Der Finger eines Scheinwerfers tastete durch den Nebel und erfaßte sie. Der Engländer schien jedoch nicht sicher zu sein. Zwar feuerte er aus allen Rohren, aber nicht zielgenau. Nemok umklammerte den Brückenrand und bemühte sich um eine ruhige Stimme.

»Kurs 180 Grad.« Das war genau auf Tanger und Ceuta zu. Dann: »Klappen Rohr eins ...und zwei öffnen.«

»Sind geöffnet.«

Nach der Bestätigung nannte er die Werte: »Torpedos Geschwindigkeit 45. Tiefeneinstellung flach. Rohr eins und zwei los. Nachfluten.«

»Backbord fünfzehn.«

Die Torpedos verließen die Rohre. Das Boot schwenkte herum auf Backbord und alten Kurs.

Nemok wandte sich an den I WO: »Entfernung Küste?«

»Fünfzehnhundert.«

»Also zwei Minuten Laufzeit.«

Es konnte knapp werden mit dem, was Nemok vorhatte, denn schon wieder tauchte ein Bewacher auf. Scheinwerfer erfaßten das U-Boot. Es wurden endlose hundertzwanzig Sekunden. Die Zeiger der Stoppuhren liefen zäh. Und dann, endlich, drüben an der Küste, die befreienden Explosionen. Zwei Feuerbälle, zwei Donnerschläge. Die Torpedos waren gegen die Küstenfelsen gelaufen und dort explodiert. Sofort brachen die Verfolger ihren Angriff ab und rasten auf die Küste zu, um zu sehen, was dort los war.

»Alten Kurs halten«, befahl Nemok.

»Öfter mal etwas Neues«, sagte der I WO. »Ideen muß man haben.«

»Ablenkung durch Überraschung«, formulierte es der Kommandant.

In der nächsten Stunde hatten sie ohne weitere Behelligung die Enge passiert und liefen ziemlich genau Kurs Ost.

»Irgendwie war es prächtig«, sagte der Obersteuermann voll Bewunderung.

»Na ja, vielleicht mittelprächtig«, schränkte Nemok ein. »Zweck der Übung erfüllt.«

Trotz allem war es ihm zu glatt gelaufen. Das konnte nicht lange gutgehen. »Feiner Trick«, meinte der II WO, »aber dem nächsten wird das nicht mehr gelingen.«

»Ja, die lernen rasch, diese Halunken von Gentlemen.«

Als die Nacht zu Ende ging, lag vor ihnen das Meer, das das mittelländische genannt wurde. Ein warmer Wind kam von Sizilien her. Nirgendwo am Horizont war noch ein Bewacher zu sehen.

Nemok unterbrach die romantische Stimmung, die sich breitmachte, und sagte:»Auf Flugzeuge achten, Männer. Flugzeuge, Flugzeuge, Flugzeuge ...«

Abgesehen von einigen Begegnungen, denen sie aber weiträumig auswichen, kam nach weiteren zwölfhundert Seemeilen Kreta in Sicht. Im Hafen machte *U-77* neben einem Zerstörer fest und setzte den Funkspruch an den BdU ab: U-77 *Ziel erreicht, bitten um weitere Befehle.*

Nemok schickte seine Leute in die Kojen und ließ nur zwei Mann als Deckswache gehen. Der I WO goß sich einen Schluck Kaffee aus der Kanne.

»Da ist doch etwas Riesiges im Busch, Herr Kaleu. Die schicken uns nicht aus Jux durch diese Hölle.«

»Die werden schon was mit uns vorhaben«, antwortete Nemok. »Ich lass' mich überraschen. Und jetzt Licht aus und Ruhe im Puff.«

12

Kreta
Juli 1941

Die deutschen Truppen hatten den Flugplatz wieder hergerichtet. Die Sprengtrichter waren zugeschüttet und planiert. In der Nacht landete eine Ju 88. Nur ein einziger Mann verließ den zweimotorigen Bomber. Kapitän z. See Ritter bedankte sich bei dem Piloten. Die Maschine mußte gleich weiter Richtung Cyreneika. In ihren Bombenschächten hatte sie Nachschub für das deutsche Afrikakorps geladen.

Der offene VW-Kübelwagen des Hafenkommandanten brachte Kapitän Ritter auf den Zerstörer Z-22, wo er bereits von Kapitänleutnant Nemok erwartet wurde. Man hatte die Offiziersmesse für das geheime Dienstgespräch geräumt. Der Koch servierte Kaffee und verschwand wieder.

Ritter öffnete seine Aktenmappe. Er entnahm ihr zunächst eine Seekarte.

»Sie haben sich natürlich Ihre Gedanken gemacht, Nemok«, begann Ritter in seiner ruhigen Art.

Aus der Tatsache, daß er mit dem Geheimdienstchef

Canaris und dem Befehlshaber der U-Boote Admiral Dönitz per du war, schlug er keinerlei Anrecht auf Arroganz.

Wie immer väterlich gemütlich, tat er nicht lange herum und nannte nur ein Wort, Horror für jeden U-Boot-Fahrer: »Bosporus«, sagte er. »Die Meerenge zwischen Europa und Asien.«

Der Bosporus, die einzige Möglichkeit, zu Schiff ins Schwarze Meer zu gelangen, war noch nie von einem U-Boot befahren worden. Das schlimmste Denkbare hatte der Obersteuermann einmal angedeutet.

»Ich darf mir doch die Frage erlauben ...«, durchbrach Nemok die Stille.

»Nein, noch nicht. Sie müssen da irgendein Objekt herausholen, Nemok.«

»Doch nicht aus Istanbul?«

»Vermutlich von der russischen Schwarzmeerküste«, präzisierte der Kapitän. »Das Objekt ist absolut kriegsentscheidend, mehr weiß ich auch nicht.«

Nemok nahm einen Schluck Kaffee, steckte sich nervös eine Zigarette an, obwohl er kein ausgesprochener Raucher war, und lehnte sich zurück.

»Was heißt kriegsentscheidend, Herr Kapitän? Ich dachte, Deutschland siegt an allen Fronten. Unsere U-Boote versenken jede Nacht im Atlantik Tausende von Tonnen an britischem Schiffsraum. Rommel stößt auf Alexandria vor, an der Ostfront stehen die Armeen in der Ukraine und die Spitzen vor Leningrad.«

Der Kapitän z. See ging nicht darauf ein. »Sie müssen unter Wasser durch den Bosporus.«

Damit schob er Nemok die Spezialkarte hin.

Beim ersten Blick erkannte man die Schwierigkeit

des Fahrwassers. Enge Kurven machten häufigen Kurswechsel nötig. Es gab Untiefen, Wracks und Strömung vom Schwarzen Meer ins Mittelmeer.

»Unter Wasser praktisch unmöglich«, entgegnete Nemok, »mit 750 Tonnen Eisen ohne Bremse.« Ein Schaudern lief ihm zwischen den Schulterblättern über den Rücken. »Die Türkei ist doch neutral. Warum laufen wir nicht mit türkischer Genehmigung in Überwasserfahrt?«

»Wenn wir das in Ankara beantragen, erfahren es sofort die Alliierten und legen binnen weniger Stunden Protest ein. Die Neutralität der Türken steht ohnehin auf schwachen Füßen. Sie würden das niemals genehmigen. Außerdem sitzt alle paar hundert Meter an den Bosporusufern ein Spion und zählt jeden Mast, der da durchkommt. Die Russen würden sich sofort fragen, was sucht ein deutsches U-Boot im Schwarzen Meer? Das würde Ihre weitere Aufgabe, deren Einzelheiten ich nicht kenne, nur noch schwieriger, wenn nicht sogar unmöglich machen. Es gibt nur eine Alternative: Augen zu und unter Wasser durch.«

»Besser Augen auf!« meinte Nemok. »Aber ohne Hilfe schaffen wir das nie.«

Ritter war aufgestanden. Die Hände jetzt in den Hosentaschen, ging er auf und ab und erklärte: »In der Sundabucht liegt ein siamesischer Frachter, die *Izmor*. Der Kapitän heißt Beykoz. Ein Türke. Er gilt als Leuteschinder und Trunkenbold. Im Bosporus hat er einen Frachter in besoffenem Zustand auf eine Sandbank gesetzt. Das Seeamt von Konstantinopel hat ihm das Patent entzogen. Seitdem darf er als Kapitän nicht mehr türkische Gewässer anlaufen. Offiziell.«

»Aber er fuhr offenbar weiter als Kapitän.«

»Auf einem Bananendampfer, bis vor kurzem. Wie mich der Canaris-Geheimdienst informiert, ist das leider nicht mehr der Fall. Er hat seine Crew um die Heuer betrogen. Da haben die Männer gemeutert und ihn an Bord des Frachters eingesperrt. Das Dumme ist nur, daß wir diesen Mann unbedingt haben müssen.«

Nemok ersparte sich die Frage nach dem Grund. Für ihn gab es kaum noch Überraschungen.

»Leider«, fuhr Kapitän Ritter fort, »ist Beykoz der beste aller erreichbaren Bosporuslotsen. Ihre Leute von *U-77* sind eine kampferprobte Mannschaft, auch zu Lande. Sie müssen ihn von Bord holen.«

»Das würde bedeuten, notfalls mit Gewalt von einem neutralen Schiff. Wäre das nicht eher eine Aufgabe für ein SS-Einsatzkommando unter Hauptmann Skorzeny?«

»Wenn das bekannt würde, gäbe es riesige Komplikationen. Tut mir leid, Nemok, warum haben Sie ein so feines Boot und so prima Leute. Gute Leute müssen eben für alles den Kopf hinhalten.«

»Und landen dafür in der Hölle.«

Nemok bekam die Spezialkarte des Bosporus, eine Luftaufnahme des siamesischen Frachters *Izmor* und einen versiegelten Umschlag mit der Order ausgehändigt. Er mußte den Empfang des Geheimmaterials schriftlich bestätigen.

Freundlicherweise, mit sehr viel Gefühl, fügte Kapitän Ritter noch hinzu: »Die versiegelte Order ist erst im Schwarzen Meer zu öffnen, falls Sie es lebend erreichen.«

Der Bootsmann, die Seemännische Nummer eins von *U-77*, wählte unter den Freiwilligen sechs Männer aus. Sie kleideten sich in die grauen Bordoveralls, schmierten sich schwarze Schuhcreme in die Gesichter und wurden bewaffnet. Jeder bekam eine Pistole Kaliber .08, zwei Magazine und Handgranaten.

Bevor sie losfuhren, ermahnte Nemok, der den Trupp anführte, seine Männer: »Nur im Notfall von der Schußwaffe Gebrauch machen. Alles so lautlos wie möglich. Schleichfahrt und, wenn es geht, keine Spuren hinterlassen.«

Es war Mitternacht, als sie das Boot über die Stelling verließen, an der Pier entlangschlichen, um in die Sundabucht hinaufzufahren. Dort ankerte die *Izmor*. Wegen der vielen Ratten hatte der Frachter an den Festmachern die üblichen Blechscheiben montiert, damit die Tiere nicht über die Leinen an Bord kamen. Auch für einen noch so geübten Kletterer war es fast unmöglich, auf diesem Weg das Oberdeck zu erreichen. Nemoks Männer mußten also über die Bootsmannsleiter. Sie überfielen sofort den Posten an Deck, fesselten ihn und verklebten ihm den Mund mit Leukoplast. Dann schnappten sie sich einen Matrosen, der auf der Ankerwinde sitzend eine Zigarette rauchte. Rasch machten sie ihm klar, daß er am Leben bleiben könne, falls er sie zu dem Schapp brächte, wo der Kapitän in Gefangenschaft saß. Der Mann führte sie daraufhin zum Vorschiff, wo normalerweise die Mannschaft schlief. Vor einer Last, aus der es nach Farbe und geteertem Tauwerk stank, öffnete er das Schott. Der etwa vier Quadratmeter große bulleyelose Raum war leer. Das bedeutete: Der Kapitän war geflüchtet, oder jemand hatte ihm zur Flucht verholfen.

Lautlos, wie sie gekommen waren, verließen Nemok und seine Leute den Frachter und kehrten auf *U-77* zurück. Wütend machte sich Nemok mit dem I WO und dem Obersteuermann noch in der Nacht auf die Suche nach dem Türken. Zum Glück hatte der Geheimdienst Photos von Beykoz mitgeliefert. Sie grasten die Kneipen im Hafenbezirk ab. Meistens saßen nur Fischer herum. Sie zeigten das Photo des Türken, der mit seinem schwarzen Kinnbart eigentlich nicht zu verwechseln war. Sie bekamen einige Tips und fanden ihn schließlich nahe der Kirche in einem Haus, vor dem eine rote Laterne brannte.

»In frommkatholischen Ländern«, polterte der Obersteuermann, »sind die Puffs immer neben der Kirche.«

Es stank nach Parfüm und Klosett. Sie stürmten hinein und fanden den Türken schließlich oben in einem Zimmer mit einer hübschen Frau im Bett. Er war so betrunken, daß er schlief. Sie mußten ihn unter den Achseln nehmen, da er kaum gehen konnte. So schleppten sie ihn an Bord von *U-77* und füllten ihn erst einmal mit starkem Kaffee ab. Nachdem er endlich aus seinem Alkoholkoma erwachte war, schaute er sich um, schnupperte den neuartigen Mief und begriff wohl, daß er sich an Bord eines U-Bootes befand. Gewaltsam versuchte er, sich zu befreien und das Boot durch die Zentrale und die Leiter zur Brücke zu verlassen. Doch sie holten ihn herunter.

Nemok nahm ihn sich vor. »Ich muß mit dir reden, Kapitän. Sprichst du Englisch?«

»Nix Englisch«, sagte der Türke.

Sie fanden aber heraus, daß er Pidgin verstand.

»Du hast eine Chance, am Leben zu bleiben«, sagte Nemok.

»Die hatte ich schon oft«, erwiderte der Türke. »Aber auf Ihre möchte ich lieber verzichten.« Sinngemäß.

Ritter und Nemok trafen sich noch einmal in der Offiziersmesse des Zerstörers.

»Wie kommen Sie mit dem Türken zurecht?« wollte Kapitän Ritter wissen.

»Er ist ein absoluter Kotzbrocken. Ich habe ihn mit meiner Pistole bedroht, ihm die eingekerbte Kugel gezeigt, die ein kleines Einschußloch macht, aber einen kürbisgroßen Ausschuß, weil sie sich innen plattdrückt. Ich habe die Pistole auf sein Knie gehalten und abgedrückt. Leider ohne brauchbare Wirkung.«

»Leeres Magazin – das war der Fehler.«

»Wenn da nicht einer mit hunderttausend Dollar wedelt, geht nichts.«

»Hunderttausend Dollar sollten aufzutreiben sein.«

»Aber er will sie in Golddollar. Angeblich lassen wir Papierdollas in den Konzentrationslagern fälschen.«

»Golddollar also. Das ist Sache von Dönitz und Canaris.«

Ritter trat ans Bulleye, wo er *U-77* liegen sah. Dunstnaß glänzte es schwarz.

»Sie haben da ein hochmodernes Langstrecken-U-Boot im besten Zustand.«

»Und Sie betrachten mich als tüchtig genug, als erster Mensch den Bosporus unter Wasser zu durchqueren«, höhnte Nemok.

»Sie werden das schaffen, Nemok.«

Der bekreuzigte sich. »Sie glauben doch nicht, daß

das unbemerkt gelingt, Herr Kapitän? Vielleicht streift uns eine dieser ewig hin- und herfahrenden Fähren?«

»Na ja, dann gehen vielleicht das Sehrohr oder der Antennenmast zu Bruch.«

»Aber Unterwasserkollision mit einem Wrack oder einem Felsen oder einem Frachter würde keiner überleben.«

»Ihre Leute müssen mit umgeschnalltem Tauchretter bereitstehen. Lassen Sie immer alle Schotts geöffnet, damit die Mannschaft notfalls zur Trimmung vom Bug nach achtern laufen kann, um das Boot in der Waage zu halten.«

Nemoks Zweifel waren nicht ausgeräumt. »Angenommen, die türkischen Horcher erfassen uns, kommen mit einem Patrouillenboot hinter uns her und werfen ein Dutzend Wasserbomben, die das Boot auseinanderreißen.«

Ritter tat sich leicht mit der Antwort. »Das müssen Sie zu vermeiden versuchen. Ich würde den Türken ja gerne Bescheid sagen, aber das geht nicht.«

Nemok resignierte. »Nun ja, diese Reise durch den Bosporus geschieht auf Verantwortung des BdU.«

»Und auf dringliches Ersuchen von Canaris.«

»Den Horchraum werden wir jedenfalls ständig besetzt halten.«

Auch Nemok war an ein Steuerbord-Bulleye des Zerstörers getreten. Sein Boot, das ihn durch den Bosporus bringen sollte, konnte er nicht mehr sehen, denn Nebel war aufgekommen.

Falls sie jemals das Schwarze Meer erreichen sollten – darüber machte sich Nemok keine Gedanken. Allerdings hatten die Russen Fregatten und ein sehr schnelles Patrouillenboot, den Babuschka-Typ 104 zur U-Boot-Bekämpfung. Die waren verdammt gefährlich.

Ritter sagte noch: »Der günstigste Zeitpunkt zum Beginn der Operation wird von der Seekriegsleitung errechnet. Wetter, Gezeiten, Lage in Sewastopol. Sie erhalten dafür einen codierten Funkspruch mit Kennwort N.U.N.C. Das ist Lateinisch und heißt jetzt.«

»Ist ja wieder mal genial durchdacht. Und was gibt es sonst zu tun?«

»Befehl folgt«, tat Ritter die Frage Nemoks ab.

Nemok verbrachte eine unruhige Nacht. Die Nerven machten eben doch nicht alles mit. Natürlich hatten sie die überlegene Technik, aber das machte ihn nicht reicher, und der Gegner war noch lange nicht pleite.

13

Kreta
Der nächste Abend

Die Verabschiedung fand in der Offiziersmesse des Zerstörers statt. Ab und zu erfüllte der Schein der drehbaren Molenbeleuchtung den Raum mit rotem Licht. Der Stewart hatte Kaffee gebracht, war aber von Kapitän z. See Ritter hinausgeschickt worden.

»Keiner kommt mir hier herein, verstanden!« befahl Ritter barsch.

Gegenüber von Nemok schob Ritter sich auf die Tischkante und schaute den Kommandanten von *U-77* erwartungsvoll an.

Bis zuletzt hatte sich Nemok gegen diesen Einsatz gestemmt, und er tat es immer noch.

Ritter redete ihm seine Bedenken betont vorsichtig aus. »Sie sind ein erstklassiger U-Boot-Kommandant, Nemok.«

»Aber ich bin kein U-Boot-Genie wie Prien oder Lützow.«

»Aber Sie nehmen U-Boote verdammt ernst und auch Ihren Einsatzbefehl. Mehr bedarf es nicht.«

»Drill, nichts als Drill.«

Nemok erhielt letzte Anweisungen. »Im Schwarzen Meer vor Odessa erhalten Sie Peilfunk. Geheimcode ›TELL‹. TELL, wie Wilhelm ... von Schiller. Man wird Ihnen Uhrzeiten und Standort durchgeben. Das Objekt muß unter allen Umständen in Sicherheit gebracht werden. Das ist mehr als kriegswichtig.«

»Und was ist, bitte, mehr als kriegswichtig, Herr Kapitän?«

Ritter gab keine direkte Antwort. Er klopfte seinem Kommandanten auf die Schulter. »Sie werden es noch zu etwas bringen, Nemok.«

»Danke, will ich gar nicht, Herr Kapitän.«

Zum Schluß gab ihm Ritter noch etwas Forsches mit auf den Weg: »Also schnell rein, schnell durch und schnell raus.«

Die Herren Kapitäne und Admiräle hatten sich das alles so einfach gedacht. Nemok spielte äußerlich den ruhigen Offizier, aber seine Hände und sein Rücken waren schweißnaß. Er schaute auf die Uhr. Draußen war die Dunkelheit jetzt vollkommen.

»Dann wollen wir mal loseiern«, sagte er ganz unmilitärisch.

Es war wie immer. Befehl war Befehl, nichts zu machen. Die Kapitäne hatten Ansichten, Bedenken, aber die Admiräle entschieden.

Eine Stunde vor Mitternacht verließ der schwarze stählerne 750-Tonnen-Koloß mit E-Maschinen lautlos den Hafen von Heraklion. *U-77* lief Kurs Nord durch das Ägäische Meer, vorbei an den weißen Inseln der Träume, vorbei an Naxos, Lios, Lesbos. Sie blieben aufgetaucht. Lufttätigkeit über den griechischen Inseln herrschte von seiten der Engländer so gut wie keine. Die trieben sich zur Zeit nur in Nahost und über der Rommelfront herum.

Kapitänleutnant Nemok trug Isländer, diesen weißen, grobgestrickten Rollkragenpullover. Er hatte Hände, die sich anfühlten wie in Klebstoff getaucht. Mit dem Obersteuermann und dem türkischen Lotsen, diesem renitenten Kotzbrocken Beykoz, ging er noch einmal die Taktik durch.

»Ihre Seekarten sind alle überholt«, erklärte der Türke. »Besonders in Küstennähe.«

Wenn man sich den Bosporus in der Kartenvergrößerung ansah, kam jedem Seemann das Grausen. Länge dreißig Kilometer, Breite zwischen neunundneunzig Meter und vier Kilometer. Die Tiefe betrug im Schnitt sechzig Meter, im Minimum dreißig Meter.

»Zu flach. Da können wir fast nicht mehr tauchen. Wie ist die Strömung?« wandte sich Nemok an den Türken.

»Im Norden aus dem Schwarzen Meer Richtung Marmara-Meer neuneinhalb Kilometer in der Stunde. Bei Südwind und Stau etwas weniger. In der Tiefe läuft ein Gegenstrom.«

»Und der Salzgehalt?«

»Unterschiedlich«, maulte der Lotse.

»Wetter?«

»Im Frühjahr oder Herbst oft Nebel.«

»Haben wir im Moment nicht«, bedauerte Nemok.

Im Bosporus gab es von der Einfahrt in Üsküdar bis zur Ausfahrt am Leuchtturm Rumeli Dutzende von teils engen Kurven und Kurswechseln. Das würde alle

Männer aufs höchste beanspruchen. Doch der bärtige Türke saß auf der Kartoffelkiste, als ginge ihn das alles nichts an. Im Segeltuchbeutel, auf den Knien, hütete er seine Heuer von hunderttausend Dollar in Gold.

Nach zwei Tagen und neunhundert Seemeilen warteten sie die Dämmerung ab, ehe sie vom Marmara-Meer zum Bosporus fuhren. Jetzt hatte die Stunde des türkischen Lotsenkapitäns geschlagen. Er verhielt sich entweder stumm oder oberschlau.

»Sie dürfen nicht auf Sehrohrtiefe hochkommen«, warnte er, »ohne zu riskieren, daß Sie entdeckt werden. Die Türken suchen die Oberfläche des Bosporus ständig gründlich ab.«

»Kapiert«, brummte Nemok. »Will nur hoffen, daß die Periskopspur vom Seegang und der Heckwelle anderer Schiffe verdeckt wird. Aber gefährlich wird es, wenn uns ein Frachter entgegenkommt und plötzlich anderen Kurs nimmt. Das Wasser ist nicht tief genug. Entweder wir fahren voll in ihn hinein, oder wir laufen auf Grund.«

»Na, prost Mahlzeit, Herr Kapitänleutnant.«

Überraschenderweise versuchte der türkische Lotse ihn zu beruhigen. Gewiß mit Hintergedanken. »Niemand wird etwas von Ihrer Operation ahnen, also werden wir auch durchkommen.«

Sobald die Sonne unterging, verschwanden sie mit vollgeladenen Batterien von der See. Eine Weile lagen sie noch auf Sehrohrtiefe in Wartestellung. Zwölf Meilen bis zur Einfahrt in den Bosporus meldete der Obersteuermann Licht genug, um einem Frachter auszuweichen. Der Loste Beykoz erzählte in seinem Pidgin-Englisch von den haarsträubenden Möglichkeiten, aufzulaufen. Von den Gefahren, die unter der Oberfläche des Bosporus lauerten.

»Das Fahrwasser hat viele Kurven, Wracks, Untiefen. Da ist die Strömung. Die wechselnde Wasserdichte. Bei Allah, und wir in diesen tausend Tonnen Stahl, die man nicht einmal beliebig beschleunigen und stoppen kann wie ein Auto auf der Straße!«

Nemok versuchte, äußerlich ruhig zu bleiben. Er hatte sich die darmartig gewundene Fahrrinne eingeprägt, die Kurse, die Position der Leuchtfeuer und vor allem die schmale Stelle zwei Meilen südlich von Boğazi. Trotzdem hielt der Meeresgrund unter ihnen noch genügend Risiken bereit.

»Bodenbeschaffenheit jetzt Geröll, durchsetzt mit Felsen«, meldete der Obersteuermann.

Nemok ließ in der Zentrale auf Rotlicht schalten. »Maschine halbe Fahrt voraus. Zentralemaat klar bei Anblasen.«

Die Rückmeldungen erfolgten.

»Halbe Fahrt klar bei Tauchtanks anblasen.«

Monoton meldete der LI die Tiefe.

»Achtzehn Meter ... sechzehn ... ebener Kiel.«

»Achten Sie darauf, daß wir nicht achterlastig werden und eventuell aufsetzen, Wagner.«

Sie versuchten mit allem Feingefühl, auf Periskoptiefe zu bleiben. Der Obersteuermann sagte die kniffligen Stellen an, die nächste scharfe Biegung, den neuen Kurs. Hoffentlich kam ihnen kein Frachter entgegen, der die Kurven schnitt. Nemok erinnerte sich an einen Satz seines Ausbildungsoffiziers. Der pflegte immer zu sagen: »Es ist verblüffend, womit man durchkommt, wenn man die Nerven hat.«

Klar, wer hat, der hat.

»Wir brauchen siebzehn Meter, um auf Periskoptiefe zu bleiben, plus weitere fünf Meter unter dem Kiel«, rechnete der LI.

»Zweiundzwanzig Meter minimal«, sagte der Obersteuermann überflüssigerweise.

Nemok spürte immer wieder das Bedürfnis, auf Holz zu klopfen, aber das half wenig.

»Dampfer fünfzehn Uhr voraus, Herr Kaleu«, meldete der Horcher.

Rundblick im Periskop. Da kam ein ganz schön dicker Otto daher, Peilung null-drei-eins. Vierkant auf sie zu.

»LI, bringen Sie das Boot runter so weit wie möglich, und wenn wir über den Schotter streifen«, befahl Nemok, um ruhige Stimme bemüht.

Er gab neuen Kurs, Steuerbord zehn.

»Recht so. Stütz.«

Der Koch balancierte ein Tablett mit belegten Broten und seiner Kaffeekanne herum. Der Frachter zog über ihnen mit hämmernder Schraube vorbei, doch dann meldete der Horcher eine Fähre. Ihr Motor war so laut zu hören, daß es bis ins Innere des Bootes drang.

Der Maat sagte die Entfernung an: »Dreihundert ... zweihundert ...«, und schon rauschte der Bug der Fähre über sie hinweg. Vielleicht mit einem Meter Distanz.

Kurzer Rundblick. Im Periskop war achteraus noch die Silhouette von Konstantinopel zu sehen, die Minaretts, die Kuppeln der Moscheen. Dort beteten jetzt die Gläubigen, und der Muezzin rief.

U-77 hatte jetzt eine Stelle des Bosporus erreicht, wo sie die Linie von der Festung zur Landspitze von Anadolu überquerten. Erneut Schraubengeräusche. Vermutlich ein dieselgetriebenes Lotsenboot. Atemlose Stille. Haarscharf war das wieder. Weiter fuhren sie in der stockdunklen Tiefe nach Norden und umkreisten die großen Schleifen nach Backbord und Steuerbord. Hier in der schnellen tückischen Strömung war es schwierig, den Kurs zu halten. Dicht an der Fahrwassergrenze wurde ständig das Lot ausgerufen.

»Große Fahrt beide.«

Da kam ihnen ein riesiger Frachter entgegen. Der Bug hoch wie ein zehnstöckiges Haus. Plötzlich war er hinter einer Kurve aufgetaucht. Er steuerte die Mitte der Fahrrinne an, kam aber wohl wegen der Strömung ein Stück nach Backbord ab. Nur durch scharfes Ruderkommando und beide Maschinen AK konnte ihm Nemok noch ausweichen.

Plötzlich ein Ruck. Schon saßen sie auf einer flachen Sandbank fest. Obendrein lagen dort noch verschiedene Wracks.

Ob er wollte oder nicht – Nemok mußte anblasen lassen.

»Scheiße.«

»Das können wir nun wirklich nicht brauchen«, bemerkte der II WO mehr besorgt als schnoddrig.

Nach einigen Versuchen kam das Boot zum Glück frei. Die Mannschaft hastete vom Bug nach achtern und schaukelte das Boot aus der Umklammerung des Schlicks.

Bald tauchten an Backbordseite Docks und mächtige Kräne auf. Bisher war es ein bißchen gut und ein bißchen schlecht gegangen, aber wenn es so blieb, kamen sie vielleicht durch. Heil und im Ganzen.

Wieder begegnete ihnen ein dicker Pott. Ein Tanker. Vor ihnen. Haargenau auf ihrem Kurs. Er lief in der falschen Fahrrinne. Nemok konnte nicht anders. Er ließ die Maschinen stoppen und das Boot auf Grund setzen.

»Alle Tanks fluten. Alle Luft raus.«

Ein Rums und sie saßen auf. Sie spürten sogar den Druck der Bugwelle, als der 6000-Tonner über sie hinwegdampfte. Atem anhalten.

Endlich wagten sie sich wieder hoch.

Allmählich wurde das Fahrwasser breiter, die Lichter lagen weiter entfernt. Das Schlimmste war hoffentlich vorbei.

»Sie waren der erste«, sagte der türkische Lotse mit Schweiß auf der Stirn.

Nemok spürte, wie sich die Spannung löste, und das besonders, als er ans Periskop trat. Sie hatten den Trichter, das offene Schwarze Meer erreicht. Zunächst blieb er noch unter Wasser, doch über ihnen ging allmählich die Sonne auf.

Ein U-Boot passiert den Bosporus – das stand nur im Kriegstagebuch von *U-77*.

Es war noch zu einigen verheerenden Augenblicken gekommen. Offenbar hatte ein türkischer Beobachter die Welle bemerkt, die das U-Boot in Tauchfahrt hinter sich herzog. Und dann diese Situation, als sie hart ausweichen mußten, mit dem Kiel schon ein Wrack kratzten, und über ihnen die Bosporusfähre hinwegrauschte. Die ganze Zeit über hatte der türkische Lotse Beykoz dagesessen, als ginge ihn das alles nichts an. Er blickte nur den Männern nach, die mit umgeschnallten Tauchrettern herumliefen, und warf ab und zu einen Blick auf den Kompaß.

»Der hat die Ruhe weg«, sagte der I WO.

»Nein, der hat Schiß.«

Bis dann Nemok den Türken anstieß. »Wenn wir hopsgehen, ist Ihr Judaslohn auch flöten, Kapitän.«

Nach zwei Stunden höchster Alarmstufe war die Besatzung jetzt fix und fertig.

»Backbordwache in die Kojen«, befahl Nemok. Nach einem weiteren Sehrohrrundblick befahl er: »Auftauchen!«

Er mußte sich selbst ein Bild von der Lage machen. Genauso wie während des Durchbruchs, als der türkische Lotse verbissen geschwiegen hatte.

Oben ließ Nemok das Boot durchlüften. Hinter ihm kam der I WO auf die Brücke. Offenbar sehr erleichtert, bemerkte Maurer: »Es war im Prinzip wie immer, Herr Kaleu.«

»Nur wieder etwas anders«, fertigte ihn Nemok ab.

Er ließ beide Diesel zweihundertfünfzig Umdrehungen gehen, auch um die völlig ausgelutschten Batterien zu laden.

Kramer, der Obersteuermann, kletterte auf die Brücke und meinte, jetzt, da alles vorbei war: »Eigentlich ein netter Kerl, dieser Türke.«

»Nur völlig versaut«, setzte Nemok hinzu und vergatterte seine Männer. »Nicht vergessen, das Schwarze Meer ist das Allerheiligste der Roten Flotte. Das Schwarzmeerkommando schläft nicht. Zweifellos hat einer der türkischen Landposten eine mysteriöse Durchfahrt gemeldet.«

»Doch keiner wird ihm glauben«, fügte Lutz, der

II WO, hinzu. Er mußte ja immer das letzte Wort haben.

Sie waren alle kaputt und verbogen.

Trotzdem ist heute ein Glückstag, dachte Nemok – oder doch nicht.

Es war kein Glückstag.

Sie sichteten den russischen U-Boot-Jäger vom Typ Babuschka 104 schon von weitem. Nemok befahl Alarmtauchen. Wußte der Teufel, warum der Russe sie trotzdem entdeckte. Offenbar waren Möwen auf das sichtbare Teleskopende von *U-77* heruntergestoßen und hatten das Boot dadurch verraten.

»Schnell auf Tiefe gehen. E-Maschinen AK voraus.«

Der russische U-Boot-Jäger hatte sie erfaßt und ließ sie nicht mehr los. Die Babuschka rauschte in Zerstörertempo heran, die Bugwelle wie ein weißer Schnauzbart. Eine Lage Wasserbomben von zwanzig bis hundertzwanzig Meter Einstellung kam nach der anderen. Treffer schüttelten sie. Lichtausfall, Schmorbrand in der E-Maschine, Glasschäden, Wassereinbruch. Die Ventildichtungen hielten dem Überdruck nicht stand. Erst bei Tiefe hundertdreißig war Schluß. Stille. Nemok hatte sich bis auf zweihundert Meter Tiefe gerettet. Der Gegner wußte nicht, daß die neuen deutschen U-Boote so tief runterkonnten. Noch die ganze Nacht waren die Schrauben des Russen zu hören, doch gegen Morgen gab er wohl auf.

Nemok wagte es. »Auf vierzehn Meter gehen.«

Droben hatte die Dämmerung eingesetzt.

»Wache auf Brücke.«

Der I WO sichtete einen Zerstörer. Der tobte heran wie ein Stier.

Sofort ging es weiter mit Wasserbomben. Über ihnen Detonationen wie während eines Gewitters. Doch dann schlagartig Ende der Vorstellung.

Rundblick.

Es briste auf mit Schaum und Wellen. Zuviel See für Zerstörer. Nach einer Anstandsfrist wagte sich Nemok ebenfalls nach oben. Wie oft in Binnenmeeren, hatte sich der Seegang in kurzer Zeit verschärft. Beim Gegenfahren auf Nordost-Kurs schnitt das Boot bis zur Kanone unter. Gischt verschluckte *U-77*.

Ganz zweifellos wußte man jetzt beim russischen Oberkommando, daß sie sich hier herumtrieben, und schickte wahrscheinlich alle russischen Jagd-U-Boote los. Davor war Nemok gewarnt worden. Aber mehr als aufpassen ging nicht.

Gegen Mittag meldete der Leitende den vollen Ladezustand der Batterie. Notfalls konnten sie damit einen Tag unter Wasser schleichen. Aber noch lagen vierhundert Seemeilen zwischen ihnen und dem Ziel.

Nahe Sulina an der rumänischen Küste ging Nemok auf Kurs 310 Grad. Das brachte ihn an Odessa vorbei an die Dnjepr-Mündung heran. Von hier aus erstreckte sich dann die Karkinits'ka zakoka Richtung Krim.

Am Nordufer der Bucht sollte der Treffpunkt sein. Nachts lief *U-77* aufgetaucht. Nemok schärfte seinen Funkern ein, auf Peilzeichen zu achten. Er gab ihnen die Wellenlänge und das Kennwort.

»TELL«, sagte er und buchstabierte: »T-E-L-L.«

Nach seinen Informationen hatte der letzte Kontakt mit TELL vor sechs Tagen stattgefunden. Das Objekt würde schon noch zur Stelle sein. Wenn nicht, dann war die ganze verdammte Sache umsonst gewesen.

14

Ukraine
Anfang August 1941

»TELL – TELL – TELL«, Hagenski zählte das Signal genau aus.

Lang.

Kurz.

Kurz – lang – kurz – kurz.

Kurz – lang – kurz – kurz.

Damals vor sieben Jahren hatte er noch eine Amateurausbildung als Funker erhalten. Diese allerdings sehr oberflächlich. Aber so viel wußte er noch. »TELL«, rief er. »Sie sind da!«

Endlich, nach Tagen, nach einer Woche verzweifelten Hoffens, waren jetzt die Retter in der Nähe.

Nächster Funkspruch: »Bestätigen, damit wir Sie einpeilen können.«

»Sie haben leider nur eine Standlinie«, erklärte Hagenski der Russin und funkte: »Große Schilfinsel im Südarmdelta, altes Kieswerk.«

Es dauerte eine ganze Weile, dann hörte er: »Frage: Wassertiefe?«

»Drei Meter.«

Das war zweifellos zu flach für ein U-Boot. Da kamen sie nie hinein.

Nächste Frage von *U-77*: »Haben Sie Leuchtrakete?«

»Nein.«

Pause.

»Dann stecken Sie irgend etwas in Brand, sobald wir wieder dreimal TELL durchgeben. Etwa 22.00 Uhr. Wir holen Sie mit dem Schlauchboot raus.«

»Verfüge über leere Kanister«, gab Hagenski durch.

Dann warteten sie wieder.

Ohne Uhr konnten sie die Zeit nur schätzen. Der Chemiker suchte den Kutter ab und fand in einem alten Blechkanister noch ein Benzin-Petroleum-Gemisch zum Anlassen des Motors. Den Inhalt versprühte er in der Kajüte und an Deck. Die Stunden zogen sich endlos hin.

»Das Feuer sehen auch die Russen«, wandte Natascha ein.

»Damit wird der U-Boot-Kommandant wohl rechnen.«

Es war ihnen, als graue über Kertsch schon der Morgen, als es in den Kopfhörern endlich piepste.

»TELL – TELL – TELL.«

Mit den letzten trockenen Streichhölzern setzte der Chemiker den mit Brandbeschleuniger getränkten Kutter unter Feuer. Die Flammen züngelten erst, dann folgte ein Knall. Das teergetränkte Deck des immer wieder frisch gestrichenen Kutters nahm Feuer an und umgab sie sekundenschnell mit einer Wand aus knackendem, platzendem Holz. Sie sprangen ins Wasser und ruderten durch das Schilf in den offenen Flußarm. Um besser voranzukommen, benutzten Dr. Hagenski und Natascha je nur einen Kanister. Der Chemiker pullte mit beiden Händen, und Natascha schob.

Kaum hatten sie das Schiff verlassen, blendete sie das grellweiße Licht eines Suchscheinwerfers. Ein russisches Küstenwachboot lag quer im Fahrwasser und eröffnete sofort das MG-Feuer. Aber von weiter draußen wurde ihnen entgegengehalten.

Die 3,7cm-U-Boot-Kanone traf mit ihren Granaten auf die kurze Distanz recht genau. Dr. Hagenski, der verzweifelt voranzukommen versuchte, glaubte, deutsche Kommandos zu hören.

»Sprenggranaten – vierhundert Meter Feuer – zweihundert Meter Feuer – auf Brücke halten!«

Die Granaten der U-Boot-Kanone schlugen ein und zerfetzten die Aufbauten des Russen allmählich. Dessen Maschinengewehre konnten dagegen wenig ausrichten. Doch nach wie vor erfaßten seine Scheinwerfer die Flüchtenden. Bis eine Garbe des U-Boot-MGs ihn zum Verlöschen brachte.

Leuchtspuren jagten durchs Dunkel.

Während die Schießerei weiterging, machte das Schlauchboot des U-Boots durch kreisende Lampenbewegung auf sich aufmerksam. Doch nur wenige Meter vor dem Schlauchboot traf eine kleinkalibrige Sprenggranate Natascha im Rücken. Vom Hals abwärts war sie eine einzige Masse aus Fleisch und Blut.

Sie winkte dem Chemiker noch zu.

»Adieu, Gospodin Brüderchen ...«

Dann ließ sie los. Hagen versuchte, den halben Körper zu halten, bis er sah, daß er der Toten nicht mehr helfen konnte.

In dem Augenblick, als Natascha versank, bellte das russische Wachboot-MG noch einmal los und traf Dr. Hagenski an der Schulter. Ein Durchschuß vom Schulterblatt quer in die Lunge. Die U-Boot-Leute zogen ihn ins Schlauchboot. Doch bis sie ihn an Bord hatten und in der Zentrale, war er durch den Schock bereits bewußtlos.

Der Kommandant von *U-77* ließ mit beiden Dieseln große Fahrt Kurs Südwest aufnehmen. Während die U-Boot-Kanone noch mit einer Reihe von Schüssen das russische Wachboot versenkte, suchte *U-77* sein Heil auf offener See.

»Nur weg von den Häfen«, sagte Nemok zu seinem I WO. »Da liegen zu viele Hunde. Und wir sind der einzige Hase weit und breit auf den Feldern.«

U-77 lief bis zur Dämmerung aufgetaucht. Nemok sorgte immer für volle Batterien. Tagsüber hielt er das Boot bei langsamster E-Maschinen-Fahrt unter Wasser.

Mit der großen BdU-Funkstelle in Neustadt hielt er Kurzwellen-Kontakt. »Objekt TELL gerettet«, meldete er.

Mit der Antwort dauerte es. »Haben Sie Schäden?«

»Keinen, aber Objekt verletzt.«

»Weiterfahrt taktisch nach eigenem Ermessen. Zielhafen La Spezia.«

Noch lagen mehr als fünfhundert Seemeilen durch das Schwarze Meer bis zum Bosporus vor ihnen.

Auf alle Fälle ließ Nemok alle Torpedorohre, die vier im Bug und das eine im Heck, laden und bewässern. Außerdem gab er grob die Einstellung der Aale durch, denn Torpedos waren von Natur aus dumm.

»Man müßte ihnen eine Spur von Intelligenz eintrichtern«, bemerkte der II WO.

Nemok vergatterte jedesmal die Brückenwachen. Sobald irgend etwas auftauchte, sei es in der Luft oder auf dem Wasser, galt Alarmtauchen.

Der I WO kam nach oben und flüsterte Nemok zu: »Der Doktor will mit Ihnen reden.«

Nemok stieg hinunter und sprach mit dem Sani. »Wie sieht es aus?«

Der Maat winkte ab. »Schlecht, Herr Kaleu. Die Lunge. Er spuckt Blut.«

»Tun Sie, was Sie können.«

»Ohne Morphium hält er das nicht durch, und mit Morphium macht er es auch nicht mehr lange. Aber er will eine Aussage machen.«

Nemok ließ den Torpedomixer kommen, einen Mann, der nicht nur Spezialist im Umgang mit Aalen sowie in der Fortbewegung von Radfahrzeugen, sondern auch ein Meister der Stenographie war.

»Schreiben Sie alles auf, Petersen«, befahl er.

So nahmen sie die stockenden Worte des Chemikers zu Protokoll. Leise und mühevoll begann er: »Ich, Dr. Hagenski ... einst Hagen ... habe an der Humboldt-Universität in Berlin Chemie studiert und dort meinen Abschluß gemacht. Ich unterhielt lose Verbindungen zu einer kommunistischen Gruppe. Die Gestapo kam dahinter und sperrte mich ein. Sie ließen mich am Leben und schließlich sogar frei unter der Bedingung, daß ich nach Rußland emigrierte und dort für sie arbeitete. Es gelang mir, bei Professor Bistrow an der Frunse-Universität angestellt zu werden. Dieser Bistrow fand etwas, das vielleicht einmal in tausend Jahren gelingt. In einem alten Buch über Persien las er, daß das Heer des Königs Kambyses in der ägyptischen Wüste verschwand.«

Pause, röchelndes Atmen. Erneuter Ansatz.

»Vermutlich durch eine Aerosol-Explosion, hervorgerufen durch die Gase siedender Opfergaben, entzündet durch Gewitterblitze, wurde das Heer ausgelöscht.«

Blutiges Husten. Erschöpfung.

Hagen versuchte es wieder: »An so einer Waffe arbeiteten wir mit voller Unterstützung des Staatschefs.«

Der Chemiker wurde von Krämpfen und Schmerzen geschüttelt. Erst nach einer neuen Dosis Morphium konnte er weitersprechen. Er erzählte von allen Versuchen, die sie unternommen hatten. Allerdings ohne großartige Wirkung.

»Es verpuffte immerzu. Wirkung wohl nur durch Beigabe einer Mischung aus Edelgasen wie Krypton, Helium oder ähnlichem zu erreichen.«

Man habe die Technik der Aerosolbombe den Engländern zur Verfügung gestellt, welche die Edelgase wiederum aus den USA beziehen wollten.

Am Ende seiner Ausführungen war der Patient so erschöpft, daß er in einen Zustand verfiel, in dem er weder hören noch sprechen konnte.

Nemok wandte sich an den Stenographen. »Bringen Sie das alles auf der Kommandantenschreibmaschine zu Papier.«

Zwei Tage und vierhundert Seemeilen weiter westlich näherten sie sich der Schwarzmeereinfahrt des Bosporus. Bei Sonnenaufgang erblickten sie etwas, das sie für ein Märchenbild hätten halten können, für eine Fata Morgana, hätte es sich nicht um brutale Wirklichkeit gehandelt: Auf der Linie zwischen Rumeli und

Poyraz lag ein Stahlgebirge aus einer anderen Welt, ein riesiges Schlachtschiff, zweihundert Meter lang. Es blitzte und glänzte in der Sonne mit seinen Kanonen, Gefechtstürmen und Aufbauten. Nemok ließ sofort tauchen und seinen I WO an das Okular.

Maurer bestätigte seine Vermutung. »Mindestens 40 000 Tonnen Woroschilow-Klasse.«

Der Russe lag da wie ein Korken im Flaschenhals und sperrte die Einfahrt zur Meerenge. In aller Ruhe schien er auf das deutsche U-Boot zu warten.

Ein brauchbares Sonar hatten die Russen noch nicht, das wußte Nemok.

»Anlauf!« befahl er. »Beide E-Maschinen äußerste Kraft voraus. Fünfzehn Meter steuern.« Dabei gab er die Werte für den Mann am Schußrechner durch.

»Gegnerfahrt drei Meilen – Lage links – Entfernung 3 000 – Tiefeneinstellung drei Meter – Torpedo höchste Geschwindigkeit.«

Die Rückmeldung kam aus dem Torpedoraum. »Torpedos klar.«

»Viererfächer. Achtung Rohr eins und zwei los ... drei und vier los.«

Durch den Abschuß wurde das Boot vorne leichter. Es mußte nachgeflutet werden. Die Stoppuhren liefen.

Laufzeit hundertachtzig Sekunden, hatte der Obersteuermann berechnet.

Gespannt folgten die Männer den schwarzen Zeigern über den weißen Zifferblättern. Mit zwanzig Sekunden Verspätung schüttelten Explosionen das Boot mit einer Kraft, die sie nie vorher erlebt hatten – zum Glück gedämpft durch ein dreitausend Meter dickes Wasserpolster.

Nemok ließ das Sehrohr ausfahren. Schneller Rundblick. In der Ferne preschte ein Zerstörer auf die riesige schwarze Explosionswolke zu. Einer der Aale mußte das Schlachtschiff in die Munitionskammer getroffen haben. Den Rest der Zerstörung besorgten die anderen drei Torpedos.

Nemok ließ das Boot um 180 Grad drehen, um gegen Verfolger den Hecktorpedo ausspielen zu können. Das erwies sich jedoch als unnötig. Alles, was an Schiffen in der Nähe war, kümmerte sich um mögliche Überlebende der Woroschilow.

In der Dämmerung stand *U-77* vor der Bosporus-Einfahrt. Diesmal setzte Nemok alles auf eine Karte.

Leise fragte er seinen LI: »Da drinnen ist es neblig. Gute Lage, gute Zeit. Wir brechen bei voller Fahrt über Wasser durch. Was ich brauche, sind mindestens fünfzig Minuten lang von den Dieseln dreimal AK plus zugeschaltete E-Maschinen.«

Leitende Ingenieure pflegten, wo es ging, ihre Diesel zu schonen, aber Wagner wußte, um was es ging. Mit zwei Fingern am Mützenrand sagte er: »Mit Gottes und der MAN Hilfe, Herr Kaleu.«

»Schön, machen wir es. Auf null geht's los.«

Das Boot vibrierte unter den hohen Drehzahlen bis hinauf zum Schanzkleid der Brücke. Nemok ließ den türkischen Kapitän nach oben bringen.

»Jetzt zeigen Sie mal, was Sie als Lotse draufhaben.«

Beykoz stellte schon keine Fragen mehr. Diese Deutschen waren verrückt. Immer die Geldtasche am Riemen um die Schulter, gab er seine Lotsenkommandos: Kurswechsel, kleine Korrekturen wie Backbord 5, stütz, aufkommen und nach der Yemoki-Biege hart Steuerbord.

»... jetzt ...«

Das Boot kam sofort herum. Ein Kielwasser wie eine Dauerwelle. Haarscharf schnitten sie am Bug einer Fähre vorbei. Deren Kapitän betätigte verärgert den Typhon.

»Hat gepennt, das Arschloch.«

Der Kandilly-Leuchtturm kam in Sicht. Die Schikane lag hinter ihnen. In der Ferne tauchten die Moscheen und Minaretts von Istanbul auf, die Spitzen golden im letzten Licht. An der Anlegestelle für Passagierschiffe lagen ein paar neutrale Dampfer.

Mit achtzehn Knoten Geschwindigkeit rauschten sie vorbei. Die Wracks in Strommitte passierten sie in Schrammnähe. Und dann, beim Leuchtturm nördlich von Üsküdar, sah es aus, als hätten sie es endlich geschafft. Selbst ihrem türkischen Lotsen war die Erleichterung anzumerken.

»Und das bei Tag. Ein U-Boot über Wasser. Wahnsinn, diese Germans.«

»Das ist angeboren, Beykoz.«

»Wo setzen Sie mich ab, Kapitän?«

»Auf einer der Kykladeninseln.«

»Ich bin Türke, Sir. Mit den Griechen sind wir verfeindet, und in meiner Heimat werde ich gesucht. Was ist denn Ihr Ziel, Kapitän?«

»Italien, La Spezia.«

»Setzen Sie mich dort ab. Irgendwo im Nirgendwo. Aber einen Puff sollte es schon geben.«

15

Rückblick/Sewastopol
Juli 1941

Der Vormarsch der deutschen Truppen in Rußland ging planmäßig voran.

Die Heeresgruppe Mitte nahm Smolensk, weitere russische Armeen wurden eingekesselt und aufgerieben. Um Kiew tobte eine Vernichtungsschlacht. Deutsche Panzer rollten in das Donezbecken. Im Norden war Leningrad nahezu eingeschlossen. Als im Süden der Vorstoß auf Sewastopol begann, nahm auch der Angriff auf Moskau seinen Fortgang. Stalin verhängte den Belagerungszustand über die Hauptstadt.

Aus Moskau wurden nicht nur die Behörden und die Bevölkerung evakuiert, man verlagerte auch die Fabriken hinter den Ural. Speziell Panzerwerke, wo bald der neue, revolutionäre T-34 vom Band rollen sollte. Einer der Evakuierungszüge erreichte nach tagelanger Fahrt die Krim. Am Bahnhof Sewastopol wurden Tausende von Flüchtlingen grob selektiert. Zusammen mit allen, deren grüne Ausweise sie als Beamte oder Wissenschaftler kennzeichneten, kam Professor Bistrow in einen Lagerschuppen. Dort mußte er warten, bis er an der Reihe war.

Der junge respektlose Offizier hatte Bistrows Akte vor sich liegen. Das Gespräch wurde zum Verhör.

»Sie sind Professor Sergej Bistrow?« Ein Blick vom unrasierten Gesicht Bistrows zum Foto genügte. »Geboren 1898 in Riga.«

»In Kiew, und ich protestiere gegen diese Behandlung«, sagte der Chemiker.

Kurz fertigte ihn der Oberleutnant ab. »Sie stehen unter besonderem Schutz der Staatsregierung«, erklärte er grinsend.

Unter besonderem Schutz verstanden sie wohl eher Aufsicht. Zwei Zivilbeamte begleiteten Bistrow in einen schwarzen Funktionärswagen. Die Limousine brachte ihn durch die Stadt zum Hafen, fuhr etwa zwanzig Kilometer am Meer entlang auf der Küstenstraße, wo er dann in den Park einer alten Zarenvilla abbog. Das Tor war von Soldaten mit Stahlhelmen und Gewehren bewacht. Der Professor bekam zwei Zimmer nach Norden hinaus. Aber die Tür blieb verschlossen. Die Fenster waren zugenagelt.

Die Verpflegung und Versorgung mit dem Nötigsten waren korrekt. Einmal am Tag gab es warmes Essen. Das Pferdefleisch in der Kohlsuppe würgte Bistrow mühsam hinab.

Tagelang hatte es geregnet. Als die Sonne endlich herauskam, wollte er im Park spazierengehen. Da hieß es jedoch, er habe Hausarrest. Abermals protestierte er. Die Antwort darauf klang anders, als er erwartet hatte. Zunächst bestand sie aus Stillschweigen.

Tage später wurde er abgeholt und in eine verbarrikadierte Turnhalle gebracht. Hinter einer Tischreihe am Stirnende saßen Offiziere und Zivilisten. Spätestens jetzt wurde Bistrow klar, daß es um ein Gerichtsverfahren ging. Der Hauptmann der Armee verlas als Staatsanwalt die Anklageschrift.

Dort stand: Professor Bistrow hat sich für ein Rüstungsprojekt Staatsmittel erschlichen. Des weiteren hat er Erfolge vorgetäuscht, die nicht eingetreten sind. Er ging dabei so weit, daß er in der Auslandspresse Lügen verbreitete, die neue Waffe habe ganze Dörfer in Sibirien zerstört. Diese Manipulationen sollten dazu führen, daß das Forschungsprojekt weitere materielle Zuschüsse und Vorrang erhielt.

Der Ankläger hatte eine mit Mikrophon verstärkte, blecherne Stimme.

»Sie haben nicht nur das Vertrauen des Politbüros aufs schändlichste mißbraucht, sondern sich damit auch eines Verbrechens schuldig gemacht, Bistrow«, wurde ihm vorgeworfen.

»Einspruch«, protestierte der Professor.

»Sie schweigen, Genosse«, entschied der Staatsanwalt.

Offenbar war das Urteil längst gefällt. Dies alles stellte jedoch nur Punkt eins der Anklage dar. Was dann kam, war mindestens ebenso schwerwiegend.

»Bei der Auswahl Ihres ersten Assistenten, des Dr. Ernst Hagenski«, fuhr der Ankläger fort, »ließen Sie, Sergej Bistrow, alle Sorgfalt außer Acht. Der junge Chemiker, der in die letzten Forschungsgeheimnisse eingeweiht war, gaukelte Ihnen vor, er sei ein emigrierter deutscher Kommunist. In Wirklichkeit arbeitet er für den deutschen Geheimdienst. Diese Tatsache führte zu großen Nachteilen für die Sowjetunion. Dr. Hagen besaß die Frechheit, sich von einem deutschen U-Boot von der Krim abholen zu lassen. Dieses Boot versenkte bei seinem Durchbruch durch den Bosporus unser stolzes Schlachtschiff *Woroschilow*. Unmittelbar und indirekt sind Sie an diesen Vorgängen schuld, Genosse Bistrow, weshalb Parteiausschluß und Todesstrafe für Sie beantragt werden.«

Der Vorsitzende des Gerichts, ein General, ermäßigte die Strafe für Professor Bistrow auf zwanzig Jahre Zuchthaus. Damit war die Verhandlung beendet. Mit dem nächsten Schub wurde der Professor in ein offenes Straflager nach Nordostsibirien deportiert.

Das bedeutete Strafarbeit im Bleibergwerk.

16

Ägäisches Meer
August 1941

Während sich *U-77* in sicheren Gewässern seinem Zielhafen näherte, ging es dem Mann, dessentwegen die Männer all das auf sich genommen hatten, immer schlechter. Der Maat, ein erfahrener Sanitätsunteroffizier, hatte schon viele Menschen sterben sehen. Er gab Dr. Hagen nur noch wenige Stunden.

Sie blieben in ständigem Funkkontakt mit dem BdU, hatten aber auch Gelegenheit, im Radio die Meldungen der internationalen Presse abzuhorchen. Daß ein fremdes U-Boot den Bosporus vom Schwarzen Meer her durchlaufen hatte, wurde kaum gemeldet. Es hätte ohnehin niemand geglaubt. Den Untergang ihres stolzen Panzerschiffes *Woroschilow* hingegen verschwiegen die Russen völlig.

Stündlich erwarteten die Admirale Dönitz und Canaris das Einlaufen von *U-77* in den italienischen Kriegshafen.

Schon bei der Umrundung der italienischen Südspitze, beim Kurs in die Straße von Messina, nahm die deutsche Luftwaffe das U-Boot in Empfang. Erst waren es Ju 88-Fernaufklärer, dann Me 109-Jäger. Die Deutschen hielten alles in der Luft und zu Wasser von dem U-Boot fern und geleiteten es sicher an der kalabrischen Küste entlang nach Norden. Salerno, Neapel lagen weit entfernt im Dunst. Anhand des Flugzeugfunks konnte in La Spezia das Einlaufen auf die Stunde genau berechnet werden.

Noch vor der Ansteuerungstonne nahm ein Arzt auf dem Lotsenboot des Hafenkapitäns Dr. Hagen und *U-77* in Empfang.

In einem Nebenbecken des weitläufigen Kriegshafens lag der deutsche Passagierdampfer *Sansibar*. Er gehörte zur DAL (Deutsche Afrika-Linie) und war in den Tagen des Kriegsausbruchs 1939, von Suez kommend, gerade noch hereingeschlüpft. Jetzt diente die luxuriöse *Sansibar* als Wohnschiff für Besatzungen und als Kommandozentrale der im Mittelmeer operierenden deutschen Marinebehörde.

Mit langsamer E-Maschinen-Fahrt legte Nemok sein Boot seitlich an, als oben an Deck der *Sansibar* die Marinekapelle mit irgendeinen Defiliermarsch loslegte. Und dann hallte durch den Hafen *Blau ist das Meer*.

Als erstes wurde Dr. Hagen an Land geschafft. Strahlend kam dann der Flottillenchef, Kapitän Ritter, an Bord, um die Besatzung entsprechend zu begrüßen. Aus einer Schatulle, die sein Adjutant hinter ihm hertrug, verteilte er Orden. Eiserne Kreuze und einige Deutsche Kreuze in Gold, Spiegeleier genannt. Anschließend kam er zum Hauptthema seines Besuches auf *U-77*. Er nahm die streng geheimen Aufzeichnungen des Dr. Hagen in Empfang.

»Wird von mir persönlich an Canaris ausgehändigt«, versicherte er. »Wir sehen uns morgen zur großen Konferenz, Nemok. Übrigens…«, er grinste, »habe ich da etwas Hochinteressantens über Sie gehört.« Näher äußerte er sich nicht.

Mit ihren paar Habseligkeiten in den Taschen begab sich die Besatzung an Bord der *Sansibar*. Nach diesem Einsatz spürte jeder den Wunsch, zu duschen und sich in einen menschlichen Zustand zurückzuverwandeln.

Auch Kapitänleutnant Nemok suchte seine Kabine, Luxusklasse A-Deck, auf. Alles war in Blau und Weiß gehalten. Seide, Samt, Schleiflack. Bevor er badete und sich rasierte, las er die für ihn bereitliegende Feldpost durch.

Am meisten interessierte Nemok ein Brief mit portugiesischen Marken. Der Brief aus Ponta Delgada war von den Azoren über das neutrale Lissabon gelaufen. Sein Herz schlug schneller, als er Sonjas Handschrift erkannte. Ungeduldig riß er den Brief auf. Ein beschriebener Bogen teefarbenen Papiers und eine Photographie lagen darin. Die Photographie zeigte Sonja auf einem riesigen Traktor mit enorm hohen Rädern. Angekuppelt an den Traktor war ein Hänger. Auf ihm saßen mehrere Dutzend junge Mädchen mit riesigen Strohhüten, vermutlich Pflückerinnen.

An der Wand eines hohen Landhauses stand »Finca Florales«. Es sah aus, als würden sie gerade losfahren, um die Arzneimittelpflanzen, die Sonjas Tante dort anbaute, abzuernten. In dem Brief schrieb Sonja, daß sie wohlauf sei, doch auch in diesem Paradies nicht ohne ihn glücklich sein könne. Unten am Brief fand sich ein runder, rötlicher Farbklecks. *Das ist Herz-Schmerz-*

Kraut, schrieb sie dazu. *Ich habe es geküßt, du mußt es auch küssen. Bei dir vergesse ich die Welt – vergiß du sie auch.*

Immer wieder las er ihre Zeilen und bedauerte, daß er ihren einzigen Wunsch nicht erfüllen konnte, nämlich sie noch einmal in die Arme zu schließen.

Ein Läufer kam und überbrachte den Befehl: Freitag, 9.30 Uhr, Rapport beim BdU-Chef.

Nemok ließ seine zweite Garnitur Blau – die maßgescheiderte erste hing im Stützpunkt in Kiel im Schrank – reinigen und aufbügeln. Besonders achtete er auf das Schuhwerk, ein Hobby des Admirals. Stiefel mußten immer glänzen. Nemok wienerte sie selbst noch einmal auf Hochglanz, damit Dönitz sich spiegeln könnte. Sodann begab er sich, auf die Minute pünktlich, in den großen Konferenzraum auf dem Zwischendeck der *Sansibar*.

Schon im Vorzimmer fing ihn Dönitz ab. Nach einem knochigen Händedruck tönte sein schnarriges Organ: »Noch ein paar Worte unter uns Fahrensleuten, Nemok. Ich befördere Sie hiermit zum Korvettenkapitän. Sie können sich also einen weiteren dicken, goldenen Streifen an die Ärmel nähen lassen.« Beinahe entsetzt musterte ihn der BdU in Krawattenhöhe. »Wo haben Sie Ihr Ritterkreuz?«

»Muß irgendwo in meiner Koje an Bord liegen, Herr Admiral. Im Einsatz trage ich es nicht.«

»Dann nehmen Sie solange meines«, entschied der BdU. »Der Führer hat Ihnen das Eichenlaub verliehen.«

Spitzbergen fiel Nemok ein. Der Luftwaffenhauptmann und wie er sich für die dreihundert Liter Diesel bedankt hatte. So wie seine Urahnin damals am Hofe von Versailles, als ihr König Ludwig XIV. den Orden schenkte: Danke, Majestät, besser als auf die Hand geschissen...

»Sie lachen ja sogar mal«, stellte der BdU fest.

»Jawohl, Herr Admiral.«

»Besonderer Grund?«

»Mehr historisch, Herr Admiral.«

Er nahm Nemok bei der Schulter. »Übrigens, Dr. Hagen ist heute nacht im Lazarett verstorben. Nun halten Sie mal schön Ihren Bericht, Nemok. Bitte nicht zu lang, aber auch nicht zu kurz.«

Der frisch ernannte Korvettenkapitän gab der Runde in den schweren roten Clubsesseln einen kurzen Einblick in seine gefährliche Unternehmung. Um den ovalen, großen Tisch saßen nur Admirale, Generäle, hohe Offiziere der Gestapo und Zivilisten, die aussahen, als sei jeder mindestens Universitätsprofessor. Sie applaudierten, als Nemok geendet hatte.

Admiral Canaris, der deutsche Geheimdienstchef, stellte Nemok noch eine Frage: »Gibt es etwas, das Ihnen Dr. Hagen berichtet hat und wovon nichts in seinen Aufzeichnungen steht?«

Nemok erinnerte sich. »Der Chemiker erwähnte einmal den Versuchseinsatz der Vakuumbombe. Russische Truppen sollen sie über dem Dorf Samaschki abgeworfen haben. Es ging da gegen aufständische Zivilisten. Hunderte von ihnen seien dabei getötet worden. Das ist aber nicht bestätigt. Hagen meinte, im Grunde sei die Aerosolwaffe bereits seit zweitausend Jahren bekannt, nur müsse die Wirkung durch bestimmte Zusammensetzung des Aerosols noch verbessert werden. Die Russen gehen von Berechnungen aus, daß der durch die Explosion erzeugte Unterdruck die Menschen qualvoll tötet. Die Lungenbläschen platzen, und die Betroffenen verbluten innerlich.«

Korvettenkapitän Nemok durfte bei der Konferenz weiter teilnehmen.

Geheime Einzelheiten wurden erörtert. Britische Experten hatten angeblich berechnet, daß durch die Explosion des Aerosolgemisches eine unvorstellbare Druckwelle entstand. Jeder von ihr Erfaßte wurde entweder verbrannt oder in dem entstehenden Vakuum zerrissen. Als innere Verletzungen wurden zerquetschte Organe, schwere Gehirnerschütterungen, möglicherweise Blindheit erwähnt.

Empört warf Admiral Canaris ein: »Das ist eine schreckliche, sehr schmerzhafte Art zu sterben. Wir müssen alles, was in unserer Macht steht, dagegen unternehmen. In den USA sind offenbar die einzelnen Edelgaskomponenten schon bestellt.«

Als letzter Redner an diesem Vormittag kam ein junger, sehr blasser Physiker zu Wort. Schlaksig wie ein Konfirmand, wußte er nicht, wohin mit den Händen. Aber was er sagte, klang klar und überzeugend.

»Für diejenigen von Ihnen, meine Herren, die nicht wissen, was eine Aerosolbombe ist, noch einmal eine kurze Zusammenfassung: Das Gemisch wird in geringer Höhe aus Flugzeugen abgelassen und, entweder vom Boden oder vom Flugzeug aus, per Leuchtrakete gezündet. Es entsteht ein immenser Unterdruck, der alles, was sich im Umkreis von fünf Kilometern befindet, in sich einsaugt, um es bei fünftausend Grad zu verglühen. Orte wie La Spezia oder Monaco wären damit unbewohnbar zu machen. Durch gezielten Einsatz kleinerer Einheiten könnte man sogar Objekte wie die Staatsbank oder Kunstdenkmäler, wie zum Beispiel den Zwinger in Dresden, völlig in Staub zerfallen lassen. Aerosolbomben haben gegenüber herkömmlichen Bomben einen entscheidenden Vorteil: Sie töten und zerstören vollkommen – und sie sind billig.«

Am Nachmittag zog sich ein Gremium zurück, um die dringend benötigten Befehle auszuarbeiten. Admiral Canaris, der Chef des deutschen Geheimdienstes, wollte sein Netz in England und USA sofort auf die fraglichen Objekte ansetzen.

»Die Engländer werden, vermutlich irgendwo im Norden der Insel, Tests vornehmen und im Chemiegürtel der US-Industrie an der Ostküste werden die benötigten Edelgase komprimiert.«

»Bis wann rechnen Sie mit einem Einsatz gegen das Reich?« fragte ein SS-Gruppenführer.

»Zu früh«, bedauerte Canaris. »Wir müssen sofort aktiv dagegen losarbeiten. Und unsere eigenen Forschungen vorantreiben.«

Ein Fliegergeneral fragte: »Um welche Mengen Edelgas kann es sich dabei handeln?«

»Hunderte von Tonnen, wenn nicht mehr.«

»Die sind nicht einfach mit dem Flugzeug von USA nach Europa transportierbar.«

»Dazu braucht man ein Schiff, ein schnelles«, berechnete ein Transportexperte der Marine.

»Den Amerikanern wird schon etwas Passendes einfallen.«

»Uns auch«, versicherte der BdU. »Uns auch, meine Herren.«

Während die Wissenschaftler nach Berlin zurückkehrten und sich im Detail über die Aufzeichnungen des Dr. Hagen hermachten, traf man auf höherer Ebene weitere Vorbereitungen.

Korvettenkapitän Nemok, seine Offiziere und die gesamte Besatzung von *U-77* wurden mit Ju 52-Transportflugzeugen nach Norddeutschland geflogen. Dort sollte die Crew ein Boot übernehmen, das in den nächsten Tagen nagelneu die Werft von Blohm & Voss verließ.

Bevor es zum Einfahren des nagelneuen VII-C-Bootes kam, schickte die Flottille die Besatzung noch in Heimaturlaub.

17

Nordschottland
August 1941

In der Altstadt von Inverness betrieb Tom Selters einen Tabakladen mit Briefmarkenhandlung. Da er dem örtlichen Modellfliegerclub angehörte, fiel es nicht auf, wenn er sich stundenlang in der Nähe von Flugplätzen herumtrieb. An schönen Tagen radelte er mit seinen Flugzeugmodellen hinaus zur Basis der Royal Air Force und ließ seine Gleiter segeln. Manchmal startete er auch eines von den Motormodellen, bei denen ein Gummiband aufgedreht wurde, das den Propeller antrieb. Dabei kam es Mr. Selters überhaupt nicht darauf an, wie schön seine Spielzeuge flogen, sondern was sich drunten auf den Rollfeldern und vor den Hangars tat. Deutlich stellte er fest, daß immer wieder eine viermotorige Lancaster mit Treibstoffen der verschiedensten Art betankt wurde. Und dies in einer Menge, welche die Tanks der Lancaster unmöglich fassen konnten. Man hatte sie also mit Zusatzbehältern versehen. Auch die Art des Betankens war unterschiedlich. Einmal kam Benzin, einmal Methanol, dann wieder Petroleum hinein. Man versuchte es sogar mit Wasserstoff in Iso-Behältern.

Die Lancaster startete dann meistens sehr schnell, flog in etwa tausend Meter Höhe Richtung Loch Ness und schien dort ihren zusätzlichen Treibstoff zu versprühen. Da man ihr rote Farbe beigemischt hatte, hinterließ die Lancaster eine gut sichtbare Wolke. Kaum hatte der Bomber abgedreht, wurde die Wolke von einer Flakstellung am Boden mit Leuchtspurmunition beschossen. Hin und wieder kam es zu kleinen, blitzartigen Explosionen, aber nicht stärker als bei einem sehr weit entfernten Wetterleuchten.

Alle diese Vorgänge notierte sich Tom Selters in seinem Notizbuch in Einzelheiten.

Zu Hause begab er sich auf den Dachboden, wo er in einer blinden Kamintüre ein Spionagefunkgerät betriebsbereit hatte. Damit sendete er jede Nacht seine neuesten Ermittlungen an das Canaris-Hauptquartier in Berlin.

Jeden zweiten Tag fuhr der Tabakhändler Tom Selters seine Modellflugzeuge auf dem Fahrradanhänger zur Air Force Base. Den Berg hinauf mußte er schieben, denn der große Luftwaffenstützpunkt lag jenseits davon in dem weiten Tal, das sich zum Loch Ness öffnete. Um mögliche Verfolger zu täuschen, ließ Tom Selters eines der Gummimotordinger fliegen, richtete aber den Stabilisierungsdraht des mit Japanseide bespannten Höhenleitwerks so ein, daß die Maschine abstürzen mußte. Der Schaden war nicht groß. Kaputte Spanten, Löcher in der Bespannung. Selters aber konnte in aller Ruhe die Vorgänge auf der Landebahn des Luftwaffenstützpunktes verfolgen. Dazu benutzte er ein kleines, jedoch sehr scharfes Agentenfernglas, 30 × 50. Es paßte in eine Männerhand und war ihm über Berlin zugespielt worden.

An diesem Tag beobachtete er etwas, was sich von den sonst üblichen Vorgängen unterschied. Ein dreiachsiger Armeelastwagen fuhr nahe an den Versuchsbomber heran. Graue Stahlflaschen, ähnlich denen, wie sie bei Schweißarbeiten für Acethylengas und Sauerstoff verwendet wurden, kamen von unten in den Bombenschacht der Lancaster. Selters nahm an, daß es sich um ein Zusatzmittel, eine Art Explosionsbeschleuniger, handelte. Nach ziemlich langwierigen Vorbereitungen – es wurde schon früher Nachmittag – startete die Lancaster wie immer Richtung Westen. Die Viermotorige blieb im Sichtbereich bis auf zweitausend Meter Höhe. Dort erfolgte die gleiche Prozedur wie jeden Tag. Der Bomber blies eine rötliche Wolke aus und verschwand dann sofort Richtung Flugplatz. Kaum war er etwa eine Meile von der roten Wolke entfernt, begann die Flakstellung mit ihrem Beschuß. Die Leuchtspurgranaten zogen hinauf und verschwanden in der Wolke, wo sie explodierten.

Zunächst geschah gar nichts. Doch kaum zwei Herzschläge später entwickelten sich am Himmel eine Blitzformation und dann ein Donnerschlag, wie ihn der Spion bisher nie erlebt hatte. Für Augenblicke war es, als brenne der ganze Himmel kugelförmig. Trotz der Entfernung traf Selters eine heiße Welle schockartig, dann schien er wie von einem riesigen Staubsaugergebläse eingesaugt zu werden. Seine Kleidung flatterte. Er mußte sich in die Erde um Halt krallen. Als er den

Kopf hob und sich umblickte, erfolgte eine zweite Explosion. Der künstlich ausgelöste Gewitterschlag hatten den Lancaster-Bomber eingeholt und die Maschine zerfetzt, ja beinahe pulverisiert. Was noch in einem Stück von ihr herunterkam, waren die Motoren.

Mein Gott, dachte Selters, das ist es gewesen. Um das muß es wohl gegangen sein.

Da es nicht möglich war, Fotos oder Handzeichnungen auf sicherem Weg nach Berlin zu bringen – die Verwendung von Bildfunk gestaltete sich für Spione als schwierig –, formulierte Selters das an diesem Tag Beobachtete schon in Gedanken, während er nach Hause fuhr. In der Nacht funkte er den Bericht auf dem üblichen Weg nach Berlin. Er wurde länger als jene drei Minuten, welche die Funker der Spionageabwehr brauchten, um einen Agentensender anzupeilen.

Der Tabakhändler Tom Selters hoffte jedoch, daß er weiterhin Glück hatte und daß niemand seine Morserei registrierte. Wer sollte ihm mißtrauen? Selters' Familie gehörte seit Generationen dem Stadtparlament an. Kein Mensch ahnte auch nur im entferntesten, daß Tom Selters vor Jahren anläßlich einer Deutschlandreise auf einem Rheindampfer angeheuert worden war. Immerhin für ein Honorar von zehntausend Pfund, was damals eine erhebliche Summe darstellte. Wichtig für ihn. Sein Laden ging nicht mehr besonders, seitdem die Zigarettenindustrie Automaten aufstellte.

18

Berlin
August 1941

Zwanzig Stunden nach den Ereignissen in Nordschottland hatte Admiral Canaris den Bericht auf seinem Schreibtisch liegen. Die Abteilung C 2 hatte ihn entschlüsselt. Die Meldung des Agenten war nahezu perfekt verfaßt. Sie enthielt Ort, Zeit, Vorgang, beteiligte Personen und Geräte. Der deutsche Geheimdienstchef führte ein Telefongespräch auf abhörsicherer Leitung und fuhr dann in seinem Mercedes-Dienstwagen durch die Stadt zur Humboldt-Universität. Das streng gesicherte chemische Untersuchungslabor war in einem Seitenflügel der Backsteingebäude untergebracht. Der Projektleiter, ein junger Doktor der Chemie mit dem Ehrendienstgrad eines SS-Sturmführers, empfing den Admiral sofort. Canaris und Dr. Wörner kannten sich schon von La Spezia her.

Nachdem ihm Canaris über die Versuche bei Inverness berichtet hatte, wurde das Gesicht des Wissenschaftlers eher noch eine Spur weniger zuversichtlich.

Präzise faßte er die Lage zusammen: »Die bisherigen

Versuche der Engländer schlugen also fehl, ebenso wie die von Professor Bistrow in Moskau. Im wesentlichen, weil die nötigen Edelgase als Zündbeschleuniger fehlten. Diese sind offenbar in USA bestellt. Dort befaßt sich die chemische Industrie schon seit langem mit der Konzentration von Krypton, Xenon, Argon und so weiter. Vermutlich erhielten die Engländer eine kleine Vorauslieferung per Flugzeug. Damit hat der Versuch auf gewaltige Weise funktioniert, und genau deshalb haben unsere eigenen Aerosolversuche bisher keinen Erfolg. Wir können die Edelgase nicht in der nötigen Menge herstellen. In der deutschen Industrie laufen keinerlei Programme dafür.«

Canaris wandte ein: »Es gibt ja auch keine natürlichen Vorkommen in Europa. Helium zum Beispiel. Deshalb mußte ein Luftschiff wie die *Hindenburg* ja auch mit Wasserstoffgas gefüllt werden und brannte in Lake Hurst aus.«

Zwischen Admiral Canaris und Dr. Wörner brauchte nicht erörtert zu werden, daß es vorerst nie zu einer deutschen Aerosolbombe kommen würde, ebensowenig wie zu einer Atombombe, daß die Allierten aber möglicherweise bald alles haben würden. Jetzt ging es nur noch um Gegenmaßnahmen.

Canaris war dafür verantwortlich.

»Wir werden verhindern, daß das amerikanische Zündgas Europa erreicht, ganz egal wie und wann. Meine besten Leute in USA arbeiten daran. Bald wissen wir, wo das Gas konzentriert wird, vermutlich im amerikanischen Chemiegürtel um Philadelphia/Baltimore.«

Mit mühsam aufgesetztem Lächeln fragte der Chemiker: »Wollen Sie etwa die amerikanische Ostküste bombardieren, Herr Admiral?«

Canaris winkte ab. »Nein. Und wenn ja, womit? Wir verfügen leider über keinen Fernbomber, und an der V1-Rakete basteln die in Peenemünde noch. Außerdem ist Amerika ja neutral.«

»Was ist das für eine Neutralität«, bemerkte der Chemiker abfällig. »Wir befinden uns mit den USA nicht offiziell im Krieg, das ist alles.«

»Glauben Sie mir«, gestand Canaris, »das ist eines der heikelsten Probleme, die ich je zu lösen hatte. Aber wir werden einen Weg finden.«

Die Herren genehmigten sich noch einen Cognac, damit das Gespräch wenigstens auf der Zunge einen würdigen Abschluß fand.

Unterwegs in sein Hauptquartier steckte sich Canaris eine seiner geliebten Havannas an. Doch sie schmeckte ihm heute nicht.

Hagen, Westfalen
August 1941

Christiane Nemok hatte an diesem Abend die Hauptrolle in der Operette *Maske in Blau* gesungen. Der Auftritt in den drei langen Akten hätte auch eine Sängerin erschöpft, die einige Jahre jünger als die zweiundvierzigjährige Diva gewesen wäre. Aber das Publikum liebte, ja vergötterte sie. Es gab Dutzende Vorhänge, ehe das Publikum endlich das Theater verlassen hatte und der »Eiserne Vorhang« heruntergelassen wurde. Auf dem Weg in ihre Garderobe verteilte die Diva nicht mehr länger Küßchen ... Küßchen oder bemühte sich um Gespräche mit Zeitungsreportern und Rundfunkinterviews. In ihrer Garderobe angekommen, lehnte sie sich an die Türe, schloß die Augen und atmete erst einmal tief durch.

Bis jemand sagte: »Hallo, Mutter.«

Wie ihr Sohn so vor ihr stand, in der erstklassig geschneiderten Uniform eines Korvettenkapitäns der Kriegsmarine, mit seinen Orden, Ritterkreuz und Eichenlaub oder wie das hieß, über dem Krawattenknoten des weißen Hemdkragens, wirkte er auf sie ziemlich heldenmäßig. Sie umarmten sich lange stumm und fühlten ihre Herzen schlagen.

»Wußte gar nicht, daß du kommst, Volker«, flüsterte Christiane Nemok glücklich.

»Das Empfangstrara bei Bürgermeister, Gauleiter und Presse habe ich hinter mir. Jetzt bleibt Zeit für euch, Mutter.« Er verbesserte sich und sagte: »Für dich, Mutter«, denn sein Vater war im letzten Jahr verstorben. Herzschlag, mitten auf der Bühne, bei Faust I. Traumtod eines jeden Schauspielers, der es vom Bibliothekar zum Meister der Bühne geschafft hatte. »Ich war schon an seinem Grab. Es ist schön gepflegt.«

»Ich bringe jede Woche Rosen hin.«

»Ihr habt euch geliebt.«

»Wir haben uns alle drei geliebt«, ergänzte sie und unterdrückte die Tränen.

Sie schminkte sich rasch ab und ließ sich von der Garderobiere beim Umkleiden helfen, von dem glitzernden Grand-Hotel-Kostüm in ein elegant-schlichtes französisches Complet. Dann verließen sie das Theater. Mit dem Taxi fuhren sie zu der kleinen Villa am Stadtrand.

Korvettenkapitän Nemok hatte einen Seesack voll Urlaubsproviant anliefern lassen. Ohne ihn zu fragen, machte ihm seine Mutter das, was er immer schon am liebsten gegessen hatte – arme Ritter, in Ei getränkte und herausgebackene Weißbrotscheiben. Dazu kamen echte italienische Salami, junger Parmesan aus La Spezia und ein wunderschöner Rotwein.

Sie wollten früh schlafen gehen, redeten aber noch lange. Sie machten kein Programm. Die Theaterdiva hatte nur einen Wunsch: Sie war so stolz auf ihren Sohn, wollte ihn herumzeigen und daß er am nächsten Tag mit ihr zum Einkaufen gehen sollte.

Selbst in dem überfüllten Luxusrestaurant, das noch in alter Qualität seine Gäste versorgte, bekamen beide Prominentenplätze. Aber des Anstarrens und Autogrammgebens müde – Christine als gefeierte Operettendiva, der Korvettenkapitän ein Nationalheld –, beschlossen sie, fortan zu Hause zu bleiben.

»Am Freitag habe ich wieder Vorstellung«, sagte sie bedauernd.

»Und ich nur fünf Tage Urlaub.«

Die Sängerin begann, ihre Freundinnen einzuladen.

»Ich mache alles mit«, sagte ihr Sohn Volker Nemok, »vorausgesetzt, es gibt Käsekuchen.«

»Mit Weinbeeren. Ich habe noch welche.«

Einige Tage stand er das durch. Weil er sich schon morgens am Sportplatz erschöpfte und Trainingsläufe machte, ging ihm am Nachmittag das Theatervolk mit seinem Klatsch und dem Intrigengequatsche bald auf die Nerven. Die Tenöre waren arrogant, die Tänzer schwul. Die Sängerinnen waren zwar lieb zueinander, haßten sich aber in Wirklichkeit. Naturbelassen und amüsant waren eigentlich nur die Mädchen vom Ballett, das Buffopaar und der Musikdirektor. Unausstehlich in ihrer gespreizt intellektuellen Eingebildetheit fand Nemok die Intendantin.

Als er zum x-ten Mal gebeten wurde, von seinem berühmt gewordenen letzten Einsatz zu erzählen, sagte er: »Ach, wissen Sie, gnädige Frau, so ein U-Boot ist eigentlich nur eine von Stahl umgebene Maschine. Es tobt und rattert, stinkt nach heißem Dieselöl. Dazu kommt ein Duft von Männerschweiß und ein Geruch von Scheiße aus dem verstopften Klo, begleitet vom Donnern der Kommißbrotfürze wie sie eben halbtoten Ärschen entweichen.«

Worauf die zickige Intendantin bald die Kaffeestunde verließ.

Allein mit seiner Mutter, fand er sie im Schlafzimmer auf dem Bett liegen. Sie weinte.

»Mußte das sein, Volker?« fragte sie ihn schluchzend.

»Es ist die Wahrheit, Mutter, aber nur ein geringer Teil davon.«

In der Nacht rief er in Kiel an. Am nächsten Morgen kam der LI Wagner, den er als Leitenden auf sein neues Boot übernommen hatte. Wagner hatte den VW-Kübel von der Flottille organisiert. Sie warfen Nemoks Seesack hinein und fuhren Richtung Hamburg. An diesem Abend spielte Christiane Nemok die Wirtin im *Weißen Rössel am Wolfgangsee*. Es wurde nicht eine ihrer besten Vorstellungen.

19

Mexiko
August 1941

Von Tijuana her, dem amerikanisch-mexikanischen Grenzübergang, rollte ein weißer Cadillac-Eldorado Richtung Küste, ein Cabrio, wie es gerne von Hollywood-Filmstars gefahren wurde. Auf teilweise schlechten Straßen durch das Küstengebirge hielt der Mann am Lenkrad sich nach Osten auf die karibische Seite Mexikos, denn er wollte nach Tampico. Nach etwa dreihundert Meilen Fahrt und mehrmaligem Nachtanken erreichte er jenseits der Pässe die Hafenstadt. Es war Abend, die Sonne ging unter, und die Blütenpracht in den Gärten und Haziendas duftete betörend. Sogar die Kakteen leuchteten. Im letzten Licht der Sonne sah der Mann aus Los Angeles das weiße Schiff im Hafen liegen. Es war für eine Hochseeyacht sehr groß. Er schätzte es auf mindestens zweitausend Tonnen. Das Schiff führte keine Flagge, denn es war beschlagnahmt.

Am nächsten Morgen, sehr früh, betrat der Amerikaner das Büro des Hafenkapitäns von Tampico. Um sich einen guten Auftritt zu verschaffen, überreichte er dem Verwaltungsbeamten, einem pensionierten Passagierdampferkapitän, eine Kiste Havanna-Zigarren.

Nach einem Gespräch über die schlechten Zeiten, den Krieg in Europa, im Pazifik usw. fragte der Besucher: »Die schöne weiße Yacht da draußen ist doch die *Gösta Berling*, ein Schwede?«

»Zur Zeit ist sie ausgeflaggt und liegt an der Kette, Señor.«

»So ein wertvolles Schiff an der Kette?«

»Das ist eine lange Geschichte«, sagte der Mexikaner fast traurig. »Es kam zu einem Streit zwischen dem Eigner und den Behörden. Erstens wegen der Liegegebühren, zweitens wegen Reparatur und Versorgungsrechnungen. Die hat der Eigner nicht anerkannt. Seine Anwälte prozessierten, der Prozeß ging verloren. Damit er nicht heimlich in der Nacht abhaut, kam das Schiff an die Kette.«

»Und deshalb hat der Eigner die Lust daran verloren«, kombinierte der Amerikaner aus dem, was er gehört hatte.

Dies bestätigte der Hafenkapitän. »Ja, die Yacht soll verkauft werden. Ein wundervolles, modernes Luxusschiff. Neueste Technik, Air Condition, Bar, Pool, dreißig Knoten schnell.«

»Und der Preis?«

»Das geht in die Dollarmillionen, Señor. Aber wer das notwendige Kapital hat, dem kann man nur raten, daß er zugreift.«

Der Amerikaner erzählte etwas von einer Filmproduktionsfirma in Hollywood, die ihm gehöre, und daß er plane, einen großen Musikfilm mit Fred Astaire und

Ginger Rogers zu drehen. Alles ein bißchen mit Südsee-Hula-Hula pipapo und so.

»Und dazu brauche ich diese Yacht.«

»Es sind mehrere Interessenten dran«, fürchtete der Hafenkapitän. »Aber es ist wie immer eine Frage des Preises.«

Der Amerikaner erhielt die Adresse des Schiffsmaklers. Vom Büro des Hafenkapitäns aus wurde er dort angemeldet.

Das Gespräch des Filmproduzenten aus Hollywood, Mr. Johnson, war kurz, aber schmerzhaft. Der Makler behauptete, die *Gösta Berling* sei bereits verkauft. Der Filmproduzent hielt das für eine Finte, um den Preis in die Höhe zu treiben.

Obwohl er eigentlich nur Informationen brauchte und das Schiff gar nicht ernsthaft haben wollte, sagte er: »Ich biete drei Prozent mehr als das höchste Gebot.«

»Schade«, bedauerte der Schiffsmakler, und dabei spielte er offenbar nicht mehr mit verdeckten Karten. »Selbst wenn Sie zehn Millionen Dollar bieten, das Schiff ist verkauft. Bereits notariell.«

Langsam wiegte Mr. Johnson seinen grauhaarigen Schädel. »So was ist nur eine Frage von so was ...« Er rieb den Daumen auf dem Zeigefinger und meinte Geld.

»Nicht bei diesem Deal, Señor.«

Mit filmreifer Mimik zog der Mann aus Hollywood die buschigen Brauen hoch. »Dann müßte der Käufer ja Mister Rockefeller sein.«

Jetzt gab der Makler lächelnd seinen Kunden preis.

»Der Käufer der *Gösta Berling* ist mächtiger als alle Rockefellers und Morgans dieser Erde.«

Der Mann mit dem Cadillac sah sich nun seinem Ziel schon sehr nahe. »Dann kann der Käufer der Yacht nur noch Präsident Roosevelt sein.«

Der Schiffsmakler schloß das Fenster und senkte die Stimme. »Unter uns, Señor, es ist nicht Roosevelt, sondern es sind die Vereinigten Staaten von Nordamerika.«

Der Besucher gab sich verblüfft. »Und was machen die USA mit dem Pott?«

»Vielleicht kleine Fische fischen, Señor, und in goldenen Döschen verkaufen.«

Oder große Haie, dachte der Besucher und verabschiedete sich mit dem Ausdruck der Enttäuschung. Noch bevor er die lange Rückfahrt nach Kalifornien antrat, meldete er ein Ferngespräch per Atlantikkabel nach Schweden an.

Seinem Mittelsmann in dem neutralen Land gab der Canaris-Agent nur eine kurze, aber heiße Information durch: »Das Schiff liegt in Tampico. Zweitausend Tonnen Hochseeyacht, über dreißig Knoten schnell. Ehemals schwedische *Gösta Berling*. Erworben von US-Administration. Sofort Blitzgespräch an Admiral C.«

Als der deutsche Geheimdienstchef Admiral Canaris seinen besten Mexiko-Agenten nach Tampico delegierte, hatte die weiße Luxusyacht *Gösta Berling* bereits den Hafen mit unbekanntem Ziel verlassen.

Daraufhin alarmierte Admiral Canaris sein gesamtes Agentennetz in den USA, speziell an den Häfen der Atlantikküste. Nicht nur die aktiven Agenten wurden eingesetzt, sondern auch die Schläfer, die bis zu ihren besonderen Aufgaben stets untergetaucht blieben. Sie sollten nach der Hochseeyacht *Gösta Berling* Ausschau halten oder deren Verbleib herausfinden. Dazu folgte eine präzise Beschreibung des Schiffes. Es sei möglicherweise auch in verschiedenen Handbüchern und Flottenkalendern aufgeführt, hieß es.

Die deutsche Abwehr versteifte sich immer mehr auf dieses Objekt, das sie für geeignet hielt, die kriegswichtigen Edelgase von Amerika nach Europa zu transportieren.

20

Amerikanische Ostküste
August 1941

Die Zeitungen aller Hafenstädte der Welt brachten täglich Spalten mit Schiffsnachrichten. Darin nannten sie alle ein- und auslaufenden Schiffe, ihre Tonnage, die Flagge, unter der sie fuhren, den Schiffsnamen, woher sie kamen, wohin sie gingen, die Ladung und die voraussichtliche Liegezeit. Manchmal wurde sogar der Kapitän erwähnt.

So sorgfältig die Canaris-Spezialisten diese Listen auch durchgingen, auf die Hochseeyacht mit dem Namen *Gösta Berling* fanden sie keinen Hinweis. Da dieses Schiff nicht als havariert oder untergegangen gemeldet war, lag die Annahme nahe, daß der Verbleib absichtlich verschwiegen oder vertuscht wurde. Das entsprach jedoch keiner alltäglichen Vorgehensweise.

Möglicherweise hatte die Yacht auch einen der vielen kleineren Küstenhäfen angelaufen, von denen Schiffsmeldungen erst mit Verzögerungen eintrafen. Jedenfalls gelang es den nach der *Gösta Berling* fahndenden tausend Augen nicht, das Schiff ausfindig zu machen. Die

Möglichkeit, einen 2000-Tonner einfach aus den Registern verschwinden zu lassen oder ihn zu verstecken, war relativ problemlos. Deshalb beschloß ein Agent namens Johnson eine andere Methode.

Über eine Anzeigenagentur ließ er Folgendes in den größten Zeitungen abdrucken:

»Filmproduktionsfirma in Hollywood sucht für Außenaufnahmen nach der Hochseeyacht Gösta Berling *(vordem unter schwedischer Flagge), einer weißen Hochseeyacht ca. 2000 Tonnen. Für brauchbare Hinweise ist ein Honorar von 10000 Dollar ausgesetzt.«*

Schon in den ersten vierundzwanzig Stunden liefen die Telefonate sowie schriftlichen Mitteilungen ein. Die Nachprüfungen ergaben jedoch, daß keine einzige brauchbar war.

Die Suche nach dem Schiff war nicht nur ins Stocken geraten, sondern auch festgefahren.

Bei einer Konferenz in Berlin äußerte der Geheimdienstchef gegenüber seinen Mitarbeitern: »Damit steht für mich so gut wie fest, daß die Amerikaner das Schiff für den Transport der heiklen Edelgasbehälter einsetzen werden. Sie haben es in irgendeine Werft, vielleicht nach Neufundland, gebracht, bauen es zweckmäßig um, malen es anders an, und schon ist es startbereit. Mit neuem Namen wird es dann die Ladung in einem der Atlantikhäfen übernehmen. New York, Boston oder irgendwo.«

»Und zwar bald«, warf ein engster Mitarbeiter von Canaris ein.

Stirnrunzelnd stimmte ihm Canaris zu. »Wenn nicht schon heute.«

Baltimore
August 1941

Der Chemiearbeiter Frank Hudson gab an seinen Kontaktmann in New York durch, daß die Verladung des Materials noch nicht möglich sei. Die Produktion laufe noch. Frank Theodore Hudson hatte sich mit einwandfreien Arbeitspapieren bei einer kleineren Fabrik namens Compress-Corporation als Chemiearbeiter beworben. Aufgrund seiner Erfahrungen bei den texanischen Hydrierwerken des Ölgiganten ESSO hatte man ihn sofort als Schichtarbeiter in den Verdichteranlagen eingesetzt. Hier wurde kryptonhaltiges Gestein erhitzt, bis die eingeschlossenen Gasmoleküle austraten, die man dann wegfilterte und unter Druck komprimierte. Ähnlich ging es bei der Produktion von Argon und Xenon zu. Nur Helium wurde auf natürlich Weise abgefangen und eingesaugt.

Dieser Frank Hudson, ein aus Kanada eingewanderter Canaris-Spezialist – niemand wußte, daß er aus Deutschland kam –, hielt die Augen offen. Mit seiner Erfahrung in verschiedenen Werken der Großchemie konnte er einzelne Fakten zu einem Bild zusammenfügen.

»Hier bei Compress-Chemical geht es um einen Staatsauftrag«, meldete er. »Im Rahmen des Pacht- und Leihabkommens liefern die USA dieses Material nach England. Bei jeder Marche geht es um einige Tonnen. Wie das Material über den Atlantik gebracht wird, ist unbekannt. Der Abtransport der ersten fünfzig Tonnen in Spezialwaggons der Michigan Railway zum Hafen nach Baltimore ist bereits erfolgt. Nach meiner Rechnung wird der Auftrag bis spätestens Ende des Monats erfüllt sein.«

Einmal, abends, bei einem späten Drink, belauschte Hudson das Gespräch von zwei Arbeitskollegen. Auch sie stellten sich die Frage, wie das Material in den Druckbehältern nach England gelangen sollte. Für Flugzeuge sei es zu schwer, und Kriegsschiffe würden von deutschen U-Booten versenkt.

Einer der Kollegen, als Witzbold bekannt, meinte: »Da sind die bei der Army doch hemmungslos. Die laden den Mist auf einen neutralen Passagierdampfer, machen ihn mit zwei roten Kreuzen zum Lazarettschiff und schmuggeln so das Giftzeug über den großen Teich.«

Alle lachten. Doch keiner ahnte, daß ihr Kollege mit seiner Bemerkung gar nicht so weit von der Wahrheit entfernt lag.

Aus San Francisco erreichte das Amt Canaris eine Nachricht, der man zunächst kein sonderliches Gewicht beimaß. Es hieß, dort liege ein schwedisches Luxus-Kreuzfahrtschiff zur Überholung der Maschinenanlage. Die Reparaturarbeiten seien aus nicht näher bekannten Gründen derart beschleunigt worden, daß das Schiff zum Auslaufen bereit sei. Ursprünglich habe es den Namen *Stockholm* geführt, doch die ersten vier Buchstaben des Namens seien ebenso übermalt wie das ganze Schiff.

Kaum lag diese Information bei Admiral Canaris vor, wurde sie in das Mosaik rund um den Fall Aerosolbombe einbezogen. Die Schiffsspezialisten hatten mit dem Rechnen begonnen.

»Die *Stockholm* hat 22000 Tonnen und läuft mit Dieselantrieb über zwanzig Knoten. Wenn sie sofort eine schnelle Reise von San Francisco die pazifische Küste nach Süden, dann durch den Panamakanal und den Atlantik nach Norden macht, braucht sie bis Baltimore höchstens eine Woche ...«

Nach Meinung der Spezialisten würden die Amerikaner jedoch nicht versuchen, in letzter Minute auf ein anderes Schiff umzudisponieren.

»Sie versuchen, uns mit einem neutralen Schiff zu übertölpeln«, vermutete einer der Taktiker.

Allgemein war man aber der Auffassung, daß es sich nur um ein großes Täuschungsmanöver handeln konnte.

»In der Anwendung von ausgefallenen Tricks waren die Amerikaner und Engländer immer Spitzenklasse«, meinte Canaris. »Das liegt an der Nähe von Hollywood. Von dort her beziehen sie ihre Einfälle.«

Und einer der Anwesenden fügte hinzu: »Im New Yorker Rundfunk soll ein gewisser Orson Welles ein Hörspiel verfaßt und inszeniert haben, in dem es um die Invasion grüner Männchen ging, um Angreifer aus dem Weltraum. Das war so echt, daß halb New York die Flucht ergriff.«

»Na ja, die Amerikaner, ein bißchen naiv sind sie schon.«

»Aber auch ein bißchen nicht zu unterschätzen«, beendete Canaris die Sitzung. »Ich glaube, da kommen noch ein paar fiese hinterlistige Schweinereien auf uns zu.«

21

Nordsee
August 1941

Korvettenkapitän Nemok hatte sein neues VII-C-Boot bei der Werft Blohm & Voss in Hamburg in Empfang genommen. Ohne großes Tralala.

Sechs Tage lang hatten sich die Ingenieure der Werft und der Motorenhersteller MAN und Siemens mit an Bord befunden. Durch die eingefahrene Besatzung wurden die einzelnen Testgruppen rasch abgewickelt. Das neue Boot unterschied sich nur geringfügig von einem vor drei Jahren gebauten Typ. Es gab lediglich ein paar Bequemlichkeiten mehr. Eine zusätzliche Ventilatorlüftung und ein WC, wo der Schüsselinhalt nicht mehr per Hand nach außen gepumpt werden mußte. Das übernahmen jetzt Luftdruck und ein Elektroquirl. Die Dieselmotoren wurden in allen Leistungsstufen erprobt. Die Ladung der E-Maschinen bei Vollast und in Generatorschaltung sowie die Kupplungen. Die Funktion von Tiefen- und Seitenruder wurde gemessen, ebenso die Leistung der Haupt- und Hilfspumpen. Man übte Schnell- und Tiefentauchen. Es gab weder

Probleme im Trimmsystem, bei den Dichtungen, noch beim Flutmechanismus der Tanks oder T-Rohre. Die Dieselabgasleitungen, alle dicht, entsprachen der Vorschrift. Die Waffeningenieure waren mit der Torpedoanlage zufrieden, die Elektroingenieure von Telefunken mit den Funkstationen, dem Horchgerät, dem Log, dem Tiefenmesser, der Kompaßanlage und so weiter. Die Periskope sowie der Waffenrechner arbeiteten fehlerlos, wurden nur noch justiert.

Korvettenkapitän Nemok gefiel das alles nicht. Von seiner Mutter hatte er immer wieder gehört: Bei der Generalprobe muß etwas schiefgehen, sonst klappt die Premiere nicht.

Zum Glück stellte sich dann ein Defekt am Luftverdichter heraus. Beim Zusammenbau war ein Druckminderer verwechselt worden. Der Schaden wurde behoben. In den Papieren bekam das Boot den Vermerk »Fronttauglich«.

Nemok lief den holländischen Hafen Den Helder an, wo er die Zivilisten absetzte.

Der oberste Werkingenieur machte noch ein Foto und fragte den Kommandanten: »Hat Ihr Boot wirklich keine Nummer?«

»Es wurde wohl nicht für nötig befunden. Vorläufig formiert es unter *U-Nemok*.«

Kaum wieder auf See, traf der Funkbefehl ein, den Einsatzhafen Brest anzulaufen. Das hieß, Nemok mußte durch den Ärmelkanal, durch die fünfzig Kilometer breite Meerenge zwischen Dover und Calais, also zwischen Feindesland und besetztem Gebiet, wo die Briten auf alles schossen, was größer war als eine Apfelmusbüchse.

Mit Kurs 260 Grad und langsamer Fahrt wartete Nemok die Nacht ab, um dann mit AK hinein in den Pas de Calais zu gehen und durchzurauschen. Er versuchte es in Überwasserfahrt, nur so hatte er die nötige Antriebsleistung, um gegen die Strömung anzukommen. Zum Glück war die Nacht stockfinster und ohne Mond. Trotzdem bekamen sie plötzlich Beschuß an Steuerbord von ganz schwerem Kaliber. Zweifellos benützte die britische Küstenartillerie die Landrohrgeschütze bei Folkstone. Deren Radar arbeitete schon recht beachtlich. Da auszurechnen war, daß mindestens der fünfte Schuß dicht bei lag, veranstaltete Nemok mit vielen Kurswechseln eine Kreuzfahrerei, soweit es die Untiefen und Wracks zuließen. Eine der 45-cm-Granaten schlug knapp vor dem Bug ein. Sie brachte das Boot nicht nur zum Schaukeln, sondern schüttelte es kräftig durcheinander.

»Jetzt klappern die morschen Knochen«, sagte der II WO. »Nun lernt unser Zossen, wofür er gebaut ist.«

Nach einer Stunde nerviger Flachatmung standen sie an der westlichen Öffnung des Ärmelkanals Richtung Bristolkanal. Jetzt konnten die Männer sich ausrechnen, wann sie Brest erreichen und auf dem Wohnschiff sein würden.

Doch wie üblich – kurz vor Erscheinen des Osterhasen hatte der BdU ein besonderes Ei für sie.

Sein Funkspruch klang lapidar: »Nicht einlaufen Stützpunkt. Neuer Kurs Irische See.«

Und der II WO bemerkte: »Wie ich den Laden bei der deutschen U-Boot-Waffe kenne, muß hier wieder einmal das allerliebste Herzjesulein in die Windeln gekackt haben.«

Das Wetter wurde schlechter. Ab Seegang 6 galt das für die allgemeine Schiffahrt. Der Vorteil von U-Booten lag darin, daß sie in der Wellengischt kaum geortet werden konnten. Ausgangs des Bristol-Kanals gingen sie von Westkurs langsam auf Kurs Nord und umstampften in der Nacht St. Ann's Head, das Landende von Cornwall.

Schiffsbegegnungen hatten sie kaum. Sie waren auch zu Nichtangriff verpflichtet.

»Wozu, bitte, sind wir eigentlich verpflichtet?« fragte der I WO.

Nemok konnte ihm nur mit dem Heben der Schulter antworten. Er wußte es auch nicht.

Um Mitternacht herum näherten sie sich der Einfahrt des St. Georg-Kanals. Auf britischen Seekarten wurden gern alle Wasserstraßen zwischen zwei Ländern, auch wenn sie hundert Kilometer breit waren, als Kanal bezeichnet. Hier erwischte der Nordwest mit seinem hohen Atlantikwellengang *U-Nemok* erst richtig. Sie fingen noch einen ellenlangen Funkspruch des BdU auf. Die Entschlüsselung würde mindestens eine Stunde in Anspruch nehmen. Um die Besatzung in dieser Achterbahnfahrt des Bootes zu schonen, ließ Nemok tauchen. Auf dreißig Meter zog das Boot still und ruhig dahin wie auf einer Daunenmatratze.

Man vernahm nur das Summen der E-Maschinen und ab und zu das Anspringen einer Bilgenpumpe. Der I WO fütterte die Buchstabengruppen des Funkspruchs in die ENIGMA. Dort mußte die Taste der Tageseinstellung gedrückt werden, und im Sichtfeld erschien der Klartext. Da es sich aber um mehrere hundert Zeichen handelte und der Funkspruch für Offiziere zweimal verschlüsselt war, lag der Klartext erst in den Morgenstunden vor.

Der Einsatzbefehl lautete: »Laufen Sie Dublin an, südliche Bucht, Hafenort Mullach. Gehen Sie flußauf und mit Kommando bei Werft Band of Boyne an Land. Durchsuchen Sie Schwimmdock auf getarnt liegenden Inhalt. Dringend kriegswichtig. Viel Glück!«

Manchmal fand Nemok den Ton ekelhaft. Immer dringend, immer kriegswichtig. Das war immer das Gegenteil von lebenswichtig für sie selbst. Aber irgend etwas mußte die Spionage im neutralen Irland herausgefunden haben, sonst hätte man ein so wertvolles Boot und seine amphibischen Spezialisten nicht so unverhofft angesetzt.

Nemok ging in die Zentrale, hängte sich das Mikrophon um und wandte sich an die Besatzung.

»Mal herhören, Herrschaften. Blitzeinsatz an der irischen Küste. Vermutlich eine Kleinigkeit im Gegensatz zum Bosporus. Aber die kleinen Schweinereien stinken immer am allerschlimmsten. Die Streckenschwimmer und Einzelkämpfer erste Wache bereithalten.« Leise wandte er sich an den I WO. »Haben wir überhaupt schon Gummianzüge an Bord?«

»Sollten wir erst in Brest bekommen, Herr Kaleu.«

»Na, fabelhaft. Dann muß es eben mit Tauchretter gehen. Alle die Haut dick einfetten. Aber so kalt ist es ja im August noch nicht.«

So spät wie möglich ließ er auftauchen. Der Sturm hatte sich gelegt, der Seegang schwellte langsam aus. Sie nahmen Kreuzpeilung von Sender Dublin und Sender London. Ihre Standlinie lief quer durch die Cardigan Bay. Der Obersteuermann berechnete Kurs und Distanz.

»Etwa achtzig Meilen noch«, sagte er.

»Wir können uns Zeit lassen«, meinte Nemok. »Ich möchte nicht, daß wir vor Dunkelheit in Küstennähe aufkreuzen.«

Er legte sich hinter dem grünen Filzvorhang, der die O-Messe vom Kommandantenschapp trennte, auf seine Koje. An Schlaf war nicht zu denken. Die Sache gefiel ihm nicht. Dies um so mehr, als er nicht wußte, was hier wieder einmal diarrhoeartig durch die Gehirnwindungen der U-Boot-Führung rauschte.

22

Irische Ostküste
August 1941

Es war wie ein romantischer Spaziergang an einem Sommerabend am Flußufer. Bei auflaufender Flut hatte Kapitänleutnant Nemok das Boot in die schmale, fjordartige Bucht südlich Dublin gebracht. Der Tidenunterschied zwischen Ebbe und Flut betrug hier sechs Meter. Deswegen warf das Boot in einem tiefen Seitenarm in Ufernähe Anker. Es wäre tödlich gewesen, wenn sie bei Niedrigwasser aufsaßen.

Vier Spezialisten unter Nemoks Kommando ruderten zum Ufer hinüber.

Das auflaufende Wasser schob sie gut voran. Hinter Buschwerk und Deich tauchten die Kräne auf, gelöcherten schwarzen Armen gleich, und ein schwarzer Block, doppelt so groß wie ein vierstöckiges Haus. Das Trockendock.

Die Männer schnitten sich durch den Drahtzaun und schlichen, an rostigen Rümpfen von Küstenfrachtern und Kuttern vorbei, Richtung Norden. Fluchend stürzte der LI und schlug sich an einem T-Eisen den Unterkiefer auf. Er stöhnte vor Schmerz. Mit einer Hand pressend, stillte er die Blutung.

»Geht schon«, flüsterte er spuckend. »Weiter!«

An der Landseite des gut zwanzig Meter hohen Trockendocks erkletterten alle es an den Steigeisen und fanden darin, was sie suchten. Mit dem Kiel auf Holzblöcken, die Bordwände seitlich mit Balken gestützt, lag dort ein weißes, hochseeyachtähnliches Schiff. In Länge und Breite entsprach es der Beschreibung und mochte etwa zweitausend Tonnen haben.

Daß an dem Schiff Umbauten vorgenommen wurden, war an Deck nicht zu erkennen. Zur Rückendeckung ließ Nemok den Maschinenmaat, im Zivilleben Preisboxer, zurück. Leise nahmen sie die eiserne Gangway hinab zum Boden des Docks. Sofort untersuchten sie die Yacht im Punktlicht ihrer Lampen. Der Rumpf trug frischen Algenbewuchs, aber die Farbe war trocken und hart. Trotzdem fand Nemok, daß es irgendwoher nach frischem Lack stank.

Einer der Männer balancierte den Teerpinsel herbei, feste Borsten an einer langen Stange, mit der die Rümpfe der Schiffe gepönt wurden.

»Fahren Sie damit quer über den Bug«, flüsterte Nemok.

Der Gefreite zog den Waschl über den weißen Anstrich, wo er eine braune Teerspur hinterließ.

»Untergrund trocken, Herr Kapitän.«

»Jetzt über den Namen.«

Dort war es anders. An der frischen Goldschrift *Gösta Berling* blieb der Pinsel fast kleben und verwischte die Farbe strähnig.

»Aha«, bemerkte Nemok nur.

Der LI kam hinzu.

»Das Schiff ist schon einige Zeit nicht gelaufen. An der Stopfbuchse der Schraubenwelle alles trocken«, meldete Wagner. »Kein Ölaustritt.«

In diesem Augenblick entstanden oben am Dockrand Geräusche.

»Licht aus!«

Sie sahen einen dunkel gekleideten Menschen, der offenbar mit ihrer Nachhut kämpfte. Zweifellos der Dockwärter. Er schrie Alarm. Im selben Moment heulten die Sirenen los, Scheinwerfer zischten und tauchten das Werftgelände in Tageshelle.

»Jetzt aber nichts wie weg!« schrie Nemok.

Sie erreichten den Werftzaun, den Damm und das Schlauchboot in einem Viertel der Zeit wie vorhin. Sie ruderten hinüber zu ihrem Boot, wenig später schlossen sich die Klappen der Einstiegsluken. Mit Rückwärtsfahrt zog Nemok das Boot in die Tiefe. Der ablaufende Strom gurgelte schon um die Fahrwassertonnen. Dann wendete Nemok.

»Backbordmaschine voraus. Hartruder, Steuerbordmaschine voll zurück.«

Dabei kam es zu einem ruckartigen Stoß, und sie gerieten mit dem Kiel auf Grund.

Nach dem Kommando »Alle Mann voraus ... nach achtern, Trimmtanks anblasen und beide Maschinen AK«, kamen sie frei. Noch eine halbe Meile außerhalb des Sunds hörten sie das Auf und Ab der Sirenen und sahen die weißen Finger der Suchscheinwerfer am Nachthimmel. In Küstennähe ging Nemok auf Nordkurs. Die entgegengesetzte Richtung, die der Gegner vermutete. Denn daß die Engländer hier innerhalb der irischen Hoheitsgewässer lauerten, war ihm klar.

»Sechzig Meter«, befahl er. »Schleichfahrt.«

Der Horcher meldete nichts außer dem Einzylinderhämmern der Fischkutter.

»Dämmerungseintritt«, signalisierte der Obersteuermann.

»Sehrohrtiefe«, befahl Nemok.

Das Boot ging höher. Ein Rundblick zeigte ihm die ganze Bescherung. Sie waren schon gierige Hundesöhne, diese Engländer. Sie hatten sich wie ein Sperr-Ring vor die kleine Bucht gelegt. Zerstörer, U-Boot-Jäger, mindestens ein Dutzend. Dort drüben erwarteten sie ihn also.

Aber Nemok war bereits auf der Flucht in Richtung Atlantik. Achteraus warfen die Engländer jetzt blindlings Wasserbomben. Im Dutzendpack. Alle sehr weit entfernt. Doch plötzlich holte *U-Nemok* eine Art Gewitterschlag ein. Mit neuer Taktik hatte der Feind mindestens hundert Wabos auf einmal zur Explosion gebracht. Was sich in der Nähe befand, hatte keine Chance. Trotz der meilengroßen Entfernung spürten die Männer in *U-Nemok* die seebebenähnliche Druckwelle.

Nemok wußte, wie dringend sie in Berlin auf seinen Bericht warteten. Er verfaßte ihn so kurz, aber auch so genau wie möglich. In der kommenden Nacht, bei ausreichender Sicherheitsentfernung von Landstationen, funkte er ihn durch. In der Hoffnung, nicht eingepeilt zu werden.

23

Amerikanischer Stützpunkt Norfolk
September 1941

Vom Panamakanal kommend, lief ein weißes, 22 000 Tonnen großes Passagierschiff in Norfolk ein. Von Schleppern wurde es ins Nebenbecken zum Ausrüstungskai einer Werft gezogen. Das Schiff, bisher hatte es den Namen *Stockholm* geführt, trug jetzt den Namen *Björnholm*. Es war nach wie vor schwedisch geflaggt.

Am Ausrüstungskai erhielt der Liner mehrere hundert Krankenhausbetten und klinische Einrichtungsgegenstände. Offensichtlich für ein Hospital. Malerkolonnen machten sich daran, das Schiff auf beiden Seiten, an Backbord sowohl wie an Steuerbord, mit einem mächtigen Roten Kreuz zu versehen. Das haushohe Kreuz sollte die *Björnholm* als Lazarettschiff kennzeichnen.

Nach weiteren kleinen Umbauten, bei denen man sich überraschenderweise keine Mühe gab, sie mit Netzen oder Sichtblenden zu tarnen, legte die *Björnholm* Ende der Woche wieder ab, dampfte durch die Chesapeake-Bay Kurs Norden. Zwei Tage hoher Seegang machten dem Schiff wenig aus. Am Feuerschiff *New York* änderte es den Kurs um nahezu neunzig Grad, übernahm den Lotsen und lief in den Hudson River ein. An den Überseebrücken von Manhattan machte es fest. Dort wurde es mit Dieseltreibstoff sowie mit Proviant und Frischproviant versorgt.

Im Dunkel der Nacht rollte ein Güterzug heran. Der Inhalt mehrerer Waggons wurde in die *Björnholm* verladen. Am Morgen war der Güterzug wieder weg.

Eigentlich war die *Björnholm* jetzt auslaufbereit. Sie schien aber noch auf etwas zu warten. Sei es auf bestimmte Passagiere oder Ladung. Angesichts der Liegegebühren in New York ein kostspieliges Verhalten. Jedenfalls lauerten die Beobachter gespannt auf das Ablegen des Luxusliners, um es sofort nach Berlin zu melden.

Berlin, Oberkommando der Marine
August 1941

Obwohl inzwischen alle Informationen aus Irland und aus USA auf dem Tisch lagen, waren die Herren des Strategieausschusses ratlos.

»Genaugenommen paßt hier überhaupt nichts zusammen«, meinte einer der Kapitäne. »Die Hochseeyacht ist in Irland im Dock versteckt. In den USA bereiten sie einen Luxusliner ungetarnt als Transportschiff vor.«

»Aber als angebliches Lazarettschiff«, wurde eingewendet.

»Und welchen Sinn soll das ergeben, bitte?«

Pause. Allgemeines Schweigen.

Bis einer der Fachexperten erklärte: »Uns zu überzeugen, daß sie dieses Edelgasgiftzeug nicht mit einer schnellen Hochseeyacht über den Atlantik karren, sondern mit einem neutralen Passagierdampfer unter dem Schutz des Roten Kreuzes, dem Schutz der Haager Konventionen also.«

»Ein Schiff, das wir nicht anzugreifen wagen werden.«

Jetzt erhob der Geheimdienstchef Canaris die Stimme. »Das ist genau die Handschrift dieses Herrn, der schon 1915 als Erster Lord der Admiralität die *Lusitania* genau vor unsere Torpedorohre dirigierte. Das Ergebnis dürfte ja bekannt sein. Und genau das will er wiederholen mit der ganzen weltweiten Empörung.«

»Quasi als Schutz und Schirm für die *Björnholm*, denn sie hoffen, daß wir denselben Fehler zweimal machen.«

»Dann würde die ganze Weltpresse gegen uns toben und die deutsche Marine als eine Bande von barbarischen Verbrechern hinstellen, welche die internationalen Abmachungen mißachten.«

Die Anwesenden mußten erst einmal diese Schrekkensvorstellung verdauen.

»Von wem stammt denn der Irland-Tip?«

»Von Sympathisanten aus Ulster von der IRA.«

»Ist er vielleicht vom MI6 gekauft?«

»Um uns extra fest die Nase draufzustoßen?«

»Eine Falle, großartiger Tip, aber infam«, meinte Canaris. »Auf die Idee muß man erst mal kommen.«

Ein Wissenschaftler der Rüstungsindustrie zählte auf: »Also: Jeweils eine riesenhafte Aerosolbombe genügt für Berlin und München, um sie zu pulverisieren. Bei vier Bomben geht im Ruhrgebiet das Licht aus. Dann noch je eine Bombe auf unsere Benzinhydrierwerke in Schlesien und auf die Flugzeugwerke, in Augsburg etwa, und wir stehen ganz schön nackt da. Das muß auf alle Fälle verhindert werden.«

Einer präzisierte die Forderungen. »Nämlich daß der Gegner die Bombe baut und auch keine Lust verspürt, dieses Massenvernichtungsmittel weiter zu entwickeln. Daß sie in den USA an der Atombombe basteln, genügt uns schon.«

Aber was in diesem Fall zu tun sei, darüber redeten sie sich die Köpfe heiß.

»Man kann nicht den Nordatlantik zusperren wie die eigene Haustür.«

Es gab einige Vorschläge, aber die wurden schon verworfen, ehe man sie angehört hatte.

»Und nicht zu vergessen«, erwähnte zum Schluß einer der hohen SS-Offiziere. »Der Oberbefehlshaber wünscht keinerlei Provokation. Bei einem neuen Fall *Lusitania* würde Präsident Roosevelt zweifellos den Kriegseintritt der USA gegen uns beschließen.«

Als fast alle gegangen waren, saß Admiral Canaris noch am Konferenztisch, neben ihm sein Vertrauter, Kapitän Oster. Die Zigarre von Canaris war ausgegangen und lag kalt im Ascher.

»Weiß nicht, weiß nicht«, murmelte er. »Ich sehe bei alledem eine gewisse Logik, aber sie ist mir nicht schlüssig genug. Dahinter steht natürlich ein hundsgemeiner Trick der Engländer. Aber was sie tun werden und was wir glauben, was sie tun werden, das ist noch lang nicht ein und dasselbe. X = Fragezeichen.«

U-Boot-Stützpunkt Lorient
September 1941

Daß Korvettenkapitän Nemok sein Boot abermals ohne Kratzer nach Hause gebracht hatte, gab ihm zu denken. Unbeschädigt im Atlantik, unbeschädigt durch Gibraltar und den Bosporus, haarscharf am Untergang vor der irischen Küste vorbei, das konnte auf Dauer nicht gutgehen. Sein Pluspunktekonto war auf der Habenseite praktisch aufgebraucht.

An diesem sonnigen Herbstnachmittag bat ihn der Flottillenchef, Kapitän Ritter, zu einem Kaffee in sein Büro. Er war in Berlin bei der Strategiesitzung dabeigewesen und übermittelte Nemok kurz das Ergebnis.

»Die gescheiten Köpfe beim OKM waren aufgrund der Lage völlig ratlos.«

Er weihte Nemok in alle Einzelheiten ein und kam ebenfalls zu dem Schluß, daß die Engländer eine Provokation herbeiführen wollten.

Davon war jedoch Nemok nicht zu überzeugen.

»Nein, keine *Lusitania*-Doublette«, lautete sein Kommentar.

»Begründung bitte.«

»Wenn die Engländer uns aufs Kreuz legen wollen«, sagte Nemok, »dann mit einem dreifachen Salto plus einem rückwärts und nicht gar so simpel. Die Lordadmiräle wären eine Bande von Hohlköpfen, wenn sie das so schlicht einfädeln würden. Die verwenden gewiß ein raffinierteres Strickmuster als Großmütterchen. Und hinter diese Maschen müssen wir erst noch kommen.«

»Aber wie, Herr Oberschlau Nemok?«

Nemok hatte eine Idee, wollte sie aber noch nicht preisgeben.

Themenwechsel.

»Die *Gösta Berling* wurde doch auf der Kristoff-Werft bei Stockholm gebaut.«

»So steht es im Flottenhandbuch.«

»Als Unikat?«

»Im Auftrag des schwedischen Königshauses als Staatsyacht.«

Spontan wechselte Nemok erneut das Thema.

»Wo ist das Boot von Kapitänleutnant Möbius im Augenblick?« erkundigte er sich.

»Was wollen Sie von ihm?«

Ritter trat an die große Seekarte mit den U-Boot-Fähnchen, fand aber U-Möbius in der Werft in La Rochelle.

Rasch leerte Nemok seine Tasse und sprang auf. »Entschuldigen Sie, Herr Kapitän, Sie hören von mir.«

»He, was ist los?« rief Ritter hinter ihm her.

Doch Nemok reagierte nicht mehr.

Am Abend erreichte er seinen Crewkameraden Möbius in der U-Boot-Unterkunft in La Rochelle.

»He«, fragte Möbius, »seit wann telefonierst du über Führungsblitz?«

»Mit Sondergenehmigung.«

»Also kriegswichtig.«

»Hoch drei«, antwortete Nemok. »Wie geht es Mady, deiner Frau?«

»Danke, gut. Sie ist zu Hause bei ihren Eltern. Sie erwartet unser erstes Kind.«

»In Schweden?« vergewisserte sich Nemok.

»In Göteborg«, präzisierte Möbius.

Nemok drängte: »Mady ist doch eine geborene Kristofferson?«

»Richtig, aus der Werftdynastie. Kannst du nicht zur Sache kommen, Volker?«

Vorsichtig weihte Nemok den Crewkameraden ein.

»Ich habe da einen Verdacht«, begann er. »Auf der Kristoff-Werft wurde für das Königshaus eine piekfeine Hochseeyacht gebaut.«

»Ja, die *Gösta Berling*. In Friedenszeiten. Schon ein paar Jahre her.«

»Nur eine Yacht? Oder gibt es ein Duplikat?«

»Komische Frage.«

»Für mich total unkomisch.«

Möbius zögerte mit der Antwort. »Wenn ja, dann ist es absolutes Firmengeheimnis.«

»Und genau das mußt du für mich herausfinden. Wenn du uns hilfst, Möbius, springt mehr für dich heraus als Sonderurlaub zur Geburt deines Sohnes.«

»Tochter bitte«, verbesserte Möbius in Eile. »Du hörst von mir. Ich rufe dich sofort zurück.«

Noch in der Nacht lag die sensationelle Information aus Schweden vor. Als Familienangehörige der Werft AG hatte Mady Kristofferson-Möbius das Wesentliche schnell herausgefunden.

In kurzen Worten gab es der Kapitänleutnant nach Lorient durch: »Tatsächlich wurden zwei Hochseeyachten vom Typ *Gösta Berling* 1938 auf Kiel gelegt. Das zweite, völlig identische Schiff hat man im Auftrag eines arabischen Saudi-Prinzen gebaut. Er fuhr damit ein paar Jahre herum, verlor aber dann die Lust daran und bekam Ärger damit.«

»Genau das ist es.« Nemok bedankte sich.

Möbius' Frage: »Was bitte ist genau was?« bekam er nicht mehr mit.

An der Pier traf er sich mit dem Flottillenchef. Ritter kam mit seinem Dienst-Mercedes. Beide nahmen im Fond Platz.

»Des Rätsels Lösung«, eröffnete ihm Nemok. »Die Briten setzen uns bewußt auf die falsche Spur. Es gibt eine zweite *Gösta Berling*. Mit diesem schnellen Schiff, quasi als Blitzkurier, karren sie das Giftzeug über den Atlantik.«

»Und wir sind abgelenkt.«

»Ja, blind, mit Tomaten auf den Augen.«

Ohne weitere Erklärungen konnte Ritter die neuen Pinselstriche in das alte Gemälde einfügen. Doch er erstarrte sichtlich.

»Alle Achtung, diese müden Gichtknochen in London. Die hätten uns wieder einmal in die Pfanne gehauen. Aber jetzt hauen andere Leute andere Gentlemen in die Pfanne.«

»Falls wir die zweite *Gösta Berling* erwischen.«

»Zweifeln Sie daran, Nemok?«

»Die haben natürlich noch etwas in Reserve. Da müssen wir schon die ganze Marine einsetzen.«

»Plus Luftwaffe«, ergänzte Ritter.

24

Kernével
9. September 1941

»Es geht los«, sagte der Fliegerführer-Atlantik zum Befehlshaber der U-Boote.

Im blassen, griesgrämigen Gesicht des Admirals verzog sich nicht eine Miene, als er richtigstellte: »Es ist bereits losgegangen, Herr Kamerad.«

Sie standen am großen, von Karten bedeckten Lagetisch im Sardinenschlößchen nahe Lorient. Der U-Boot-Admiral, der Flieger-General und die Offiziere ihres Stabs. Der BdU faßte kurz die Lage zusammen.

»Der Lockvogel ist in New York ausgelaufen und braust mit Höchstgeschwindigkeit auf Ostkurs. Meine U-Boote halten Fühlung, aber mit ihren lumpigen achtzehn Knoten Höchstgeschwindigkeit läuft ihnen die *Björnholm* auf und davon. Der Abstand zwischen einem U-Boot und der *Björnholm* erweitert sich pro Stunde um zehn Seemeilen. Sie läuft dreißig Knoten.«

Der Flieger-General drehte das Monokel ins Auge, die Monokelschnur pendelte bei seiner Kopfbewegung mit. »Wozu dann das Ganze?«

»Wir müssen pro forma Kontakt halten«, erklärte der Admiral, »damit die Engländer glauben, wir gehen auf ihr Täuschungsmanöver ein.«

Der General hatte endlich verstanden. »Es dreht sich also um ein anderes Schiff.«

»Um eine kleine, sehr schnelle Hochseeyacht«, bestätigte der Admiral und fuhr fort: »Um diese in den unendlichen Weiten des Nordatlantiks zu finden, brauchen wir euch, die Luftwaffe.«

Als Hauptgrund dafür, daß der Einsatz von Aufklärern noch zurückgehalten wurde, nannte der General die katastrophale Wetterlage.

Doch der BdU glaubte ihm nicht recht. »Geben Sie doch zu, daß Göring da den Daumen draufhält.«

Der Fliegerführer wich mit der Antwort aus. »Sie kennen doch den Antagonismus zwischen der Marine und der Luftwaffenführung. Ja, wenn der Befehl direkt von höchster Stelle käme ...«

Sofort bestellte Dönitz ein Führungsgespräch zum OK in Berlin. Schon eine Stunde später lag ein Fernschreiben vor, wonach alle verfügbaren Kräfte der Luftwaffe für das Unternehmen *Björnholm* einzusetzen seien.

Schweren Herzens erklärte der Fliegerführer-Atlantik: »Obwohl meine Geschwader vom täglichen Kampf um die Luftschlacht von England mehr als zermürbt sind, werde ich den Befehl ausführen.«

Auf Anordnung des Generals wurde die dritte Luftflotte, ein Verband mit Aufklärern und Kampfeinheiten, verständigt.

Als es hell wurde, stand in Nantes ein Geschwader, Fernaufklärer vom Typ FW 200 Condor, einsatzklar.

Ihre normale Eindringtiefe reichte etwa bis 15 Grad West. Mit Zusatztank 25 Grad West. Das reichte zweitausend Kilometer in den Atlantik hinaus. Der Condor-Verband startete sofort und wurde über der Biskaya, auf dem gefährlichen Teil des Flugs, von Ju 88 begleitet. Die Kampfmaschinen konnten eine Staffel patrouillierender Spitfire-Jäger abdrängen. In viertausend Meter Höhe kam es zu Schießereien, wobei eine Spitfire in Brand geriet. Ihr trudelnder Absturz wurde von einem Condorbeobachter bestätigt.

Die Fernaufklärer sollten, sobald sie in den Mittagsstunden ihr Operationsgebiet erreicht hatten, von einer weiteren Aufklärergruppe des KG 100 abgelöst werden. Diese lag am Fliegerhorst Vantes und machte sich in den späten Nachmittagsstunden klar.

Die Flugzeuge waren für den Einsatz nicht absolut geeignet. Sie trugen den sogenannten Nachtanstrich, also Unterseite schwarz. Bei Tage gaben sie damit für jede Abwehr eine ausgezeichnete Zielscheibe ab. Außerdem besaß die Besatzung keine Übung in der Navigation über weite Seeräume. Zudem hatten diese Männer seit Monaten in zermürbendem England-Einsatz gestanden. Weiter machte die Wetterlage die Einsätze beinahe unmöglich. Von Nordwesten her zog ein schweres Sturmtief heran und würde zweifellos zu Verlusten bei den Verbänden führen. In der Nacht lief jedoch ein weiteres Fernschreiben des Oberbefehlshabers ein, wonach die Einsätze im Fall *Gösta Berling* nicht eingeschränkt werden durften.

Der BdU und der Fliegerführer-Atlantik hielten sich wegen enger Kontaktaufnahme immer noch in Kap

Kernével auf. Bei der Morgenlage legte der General dem U-Boot-Chef einen Funkspruch vor.

»Heute 06.45 Uhr Verbände der Royal Navy gesichtet. Vermutlich Kreuzer *Sheffield* und *Rodney.*«

»Sie wurden wahrscheinlich dem Transportschiff, der *Björnholm*, entgegengeschickt«, äußerte ein Stabskapitän.

»Meine U-Boote warten in einem gestaffelten, dreifachen Ring«, entgegnete der BdU. »Nur ist das Blickfeld der U-Boote leider begrenzt.«

Immer wieder äußerte der General seine Zweifel. Schließlich schickte er seine kostbaren Fernaufklärer, von welchen die Luftwaffe ohnehin zu wenige besaß, zu einem nahezu selbstmörderischen Unternehmen los.

Der BdU stimmte ihm dabei nur halbherzig zu. »Vermutlich haben die Strategen des Lordadmirals in London für diese Operation den Atlantik in mehrere Sektionen eingeteilt. Wir vermuten – und das fußt auf folgenden nautischen Berechnungen –, daß das gejagte Objekt in einer bestimmten Nacht von New York aus die Bermuda-Inseln anlaufen wird. Dort wartet es schlechtes Wetter ab und nimmt dann, wieder zwischen Abend- und Morgendämmerung, die nächste Zone der Etappe von den Bermudas Richtung Azoren oder Madeira in Angriff. Diese Strecke beträgt im Minimum zweitausend Seemeilen. Die kann sie beim besten Willen nicht in einer Nacht schaffen. Das Schiff kommt bei Dunkelheit und in AK-Fahrt nur siebenhundert Seemeilen, also etwa zweitausend Kilometer, weit. Die Helligkeit wird sie also mitten im Nordatlantik überraschen. Dort kann sich die *Gösta Berling* nicht verstecken. Was tut sie also?«

»Etwas ganz anderes«, vermutete der Flieger-General.

»Und das, mein Lieber«, bemerkte Dönitz spöttisch, »sollen Ihre wunderbaren Viermotorigen herausfinden.«

Der Flieger-General erwähnte nicht noch einmal, daß die Reichweite selbst seiner besten Condor nicht über die Azoren hinausging. Aber er sagte: »Es gibt eben keine Fernbomber und keine Fernaufklärer, die einen Tag lang in der Luft bleiben können.«

»Höchstens«, ergänzte Dönitz, »mit einem Flugzeugträger.«

Das mit dem Flugzeugträger *Graf Zeppelin* war der härteste Brocken, den die deutsche Kriegsmarine je hatte schlucken müssen. Der Träger war auf den deutschen Werken in Kiel am 8. Dezember 1938 vom Stapel gelaufen. Halbfertig unterlag er 1940 dem Baustopp für große Überwassereinheiten. Der Träger *Graf Zeppelin*, dessen Rumpf bis nahe Panzerdeck fertiggestellt worden war, wurde bereits verschrottet.

Dönitz spreizte alle zehn Finger. »Ich wasche meine Hände in Unschuld.«

»Und ich, was das Fehlen geeigneter Flugzeuge betrifft«, ergänzte der Flieger-General.

Beiden erfahrenen Offizieren war klar, daß dadurch etwas entstand, das im Marinejargon »Black Pitt«, also schwarzes Loch, genannt wurde. Auf der Suche nach der *Gösta Berling II* war sowohl die U-Boot-Waffe als auch die Luftwaffe auf mehr als tausend Kilometer praktisch blind.

25

Nordatlantik
11. September 1941

Beim derzeitigen Stand der Ereignisse befand sich *U-Nemok* zwölfhundert Seemeilen westlich von Gibraltar und lief mit zehn Knoten Kurs Nordost. Vor dem Auslaufen war der Flottillenchef noch einmal an Bord gekommen.

Abwehrend erklärte er sofort: »Keine Vorwürfe, Nemok, daß Sie diesmal erst in der dritten Reihe operieren, aber ich schätze, wir brauchen Sie noch für andere Einsätze als für die Suche nach diesem verdammten Schwedenhappen.«

So war Nemok mit einer gewissen Lustlosigkeit ausgelaufen. Die Stimmung des Kommandanten, in diesem Spiel nur die dritte oder auch gar keine Rolle zu spielen, verbreitete sich bald unter den neunundfünfzig Männern der Besatzung.

Die mittelschwere See ließ auch aufgetauchtes Fahren tagsüber zu. Dabei konnte das Boot ständig durchgelüftet werden. Eine Wohltat bei dem sonst üblichen U-Boot-Mief, einem Gemisch aus Öldunst, Dieselqualm, Urinduft und Batteriegasen. Selbst im Einsatzbereich britischer Flugzeuge bis etwa 20 Grad West herrschte kaum Lufttätigkeit. Ab und zu sahen sie einen viermotorigen Fernaufklärer in großer Höhe vorbeiziehen. Aber es handelte sich stets um deutsche Flugzeugtypen, FW 200 Condor.

»Die wollen es aber genau wissen«, wandte sich der I WO an Kapitän Nemok.

»Ja, diesmal.«

Stündlich gab der Obersteuermann den Standort.

»Dreißig West läuft durch.«

Jedesmal, wenn er sich diesem Längengrad näherte, spürte Nemok einen Stich im Herzen. Mit jeder Schraubenumdrehung näherten sie sich dem Seebereich um die Azoren und der Insel, auf der Sonja jetzt lebte.

Was hatte sie immer gesagt? »In deiner Nähe vergesse ich die Welt.«

»Wir sehen uns wieder. Nur kennt keiner den Tag und die Stunde.«

Er mußte sich Mühe geben, die Welt nicht zu vergessen, denn er hatte ein deutsches Fernkampfboot zu führen.

Die Unterseeboote aller drei Sicherheitsringe, die auf der Linie Bermudas, Azoren, Schottland gebildet worden waren, standen untereinander in Kontakt. Alle sechzig Minuten meldeten sie Boote über Kurzsignal. Das gesuchte Schiff war bisher nicht entdeckt worden. Auch nicht von der Luftwaffe. Es gab aber auch keine Geleitzugmeldungen. Hin und wieder jedoch traf die Standortangabe des Lazarettschiffs *Björnholm* ein. Es lief mit äußerster Fahrtstufe Ostkurs. Was die Kommandanten der Sicherungsgruppe jedoch nicht zu interessieren hatte.

In der Frühe des nächsten Morgens traf eine Meldung des BdU ein, die alle elektrisierte. Ein Fernaufklärer vom Typ FW 200 Condor war bis zum Ende seiner Reichweite in den Atlantik vorgestoßen und hatte eine interessante Beobachtung gemacht. Kurz bevor er auf Gegenkurs drehen mußte, hatte der Pilot aus viertausend Meter Höhe die *Björnholm* in hoher Fahrt mit Kurs auf São Miguel entdeckt. Dicht an der Bordwand des 22000-Tonners, in seiner Sichtdeckung also, fast hingeschmiegt, lief ein kleineres, sehr schnelles Fahrzeug. Wie die Auswertung des Aufklärungsflugzeuges ergeben hatte, zweifellos die *Gösta Berling*.

»Sie fahren Großkreis. Das ist kürzer.«

»Verdammt, so machen sie es also«, fluchte der Fliegerführer – Atlantik. »Ein seemännisches Meisterstück.«

»Ja, so verdecken sie die feine Tortenschnitte hinter dem großen Stück Hefekuchen bei voller Fahrt.«

»Immerhin gegen Sicht aus Süd.«

»Aber nicht aus Sicht von oben.«

»Kein ganz neuer Einfall. So nahmen sich schon vor zweihundert Jahren die Segelschiffe der Fregatten gegenseitig den Wind weg. Altes kann so alt sein, daß es in Vergessenheit gerät, und schon wieder ist es neu.«

Sämtliche Boote wurden darüber informiert und änderten ihre Beobachtungspositionen entsprechend weiter südlich.

»Leider stehen wir zu weit davon ab«, bedauerte Nemoks Erster Wachoffizier, »um eingreifen zu können.«

»Und unsere eingeschränkte Sichtweite«, ergänzte der Obersteuermann, »aus Turmhöhe bestenfalls sechs Meter über der Wasseroberfläche, ist mäßig. Sie reicht nicht weit genug.«

Ab und zu verschwand Nemok in der Zentrale, fuhr das Rundblicksehrohr aus. Dadurch vergrößerte sich der Beobachtungsbereich erheblich. Sie standen unter ständiger Spannung. Doch am Mittag dieses Tages erreichte sie eine Meldung, die alle erleichterte.

U-29 unter Kapitänleutnant Noris hatte das unverschämte Glück. Beinahe vor seiner Nase fuhr die *Björnholm* vorbei, und während der beginnenden Morgendämmerung, an Backbord, abgesetzt die weiße Hochseeyacht *Gösta Berling*.

Die Stecknadel im Heuhaufen. Noris hatte sie gefunden. Aufgrund seiner wirklich günstigen Lage zu den zwei äußerst schnell laufenden Schiffen konnte er sie abfangen. Die kleinere Hochseeyacht hatte jetzt den Kurs um mehrere Grad nach Norden geändert. Wenn man die Linie verlängerte, schnitt sie die östlichste der neun Azoreninseln.

»Die will sich tagsüber in São Miguel verkrümeln«, vermutete sein II WO.

Um den Abstand auf Schußdistanz zu verkürzen, befahl Noris: »Beide Diesel AK. Wir greifen an. UZO auf die Brücke.«

Das Zielgerät wurde eingerastet und war damit mit dem Schußrechner im Turm verbunden.

Neues Kommando: »Bugrohre eins … zwei … drei … vier klarmachen.«

Sie waren bereits geladen, wurden jetzt bewässert

und die letzten Werte über Feinsteuerung in die Torpedos eingegeben. Kapitänleutnant Noris war sich seiner Verantwortung, aber auch seines Risikos bewußt. Der Schuß durfte nicht danebengehen. Es gab nur diese eine Möglichkeit, das Schiff zu stoppen.

Auf zweitausendfünfhundert Meter lief die weiße Hochseeyacht mit dem roten Kreuz in die Markierung des Zielgeräts ein. Alle Werte stimmten, der Rechner hatte sie bestätigt. Entfernung, Gegnerlage, Gegnergeschwindigkeit, Einstelltiefe der Torpedos. In diesem Augenblick schien die Yacht zu zacken. Doch das änderte für zielsuchende Torpedos wenig.

Der Atem von Noris setzte für einen Augenblick aus. Dann gab er das Kommando: »Fächer los!«

Der übliche Blick auf die Stoppuhren. Wenige Sekundenstriche vor der berechneten Zeit traf der erste Aal, dann der zweite und dann auch der dritte. Der vierte ging vorbei, vielleicht war er auch fehlerhaft.

Die gesamte Brückenwache hing an den Ferngläsern. Doch was sie da drüben am Horizont sahen, war enttäuschend. Weder eine riesenhaft zu den Sternen greifende Explosion noch ein glühender Feuerball, umgeben von Wolken schwarzen Rauches. Nicht mehr als ein Knallfrosch.

»Eher kläglich«, meinte der II WO, »wenn man den Aufwand bedenkt.«

»Man steckt die Dynamitkiste an«, steuerte der Obersteuermann bei, »und was explodiert, ist ein Silvesterkracher.«

Immerhin hatten sie die *Gösta Berling* in zwei Teile zerlegt, und die sanken schnell, samt ihrer brisanten Ladung.

Die Männer von *U-29* konnten jedoch beobachten, daß ein Rettungsboot der *Gösta Berling* über Bord geschleudert wurde und daß sich das Boot, offenbar mit Motorkraft, nach Nordosten entfernte.

26

Ponta Delgada
13. September 1941

Der Freudentaumel auf *U-Nemok* hielt sich in Grenzen. Nicht daß man dem Boot *Noris* den Erfolg mißgönnte, aber man fürchtete das Echo der Weltpresse.

Um die Mittagsstunde kamen die ersten verheerenden Radiomeldungen herein und liefen um die Welt. Die internationalen Stationen verkündeten weltweit, daß Nazi-U-Boote schon wieder ein neutrales Lazarettschiff versenkt hätten. Die schwedische, in US-Charter stehende *Gösta Berling* sei als solches deutlich sichtbar gekennzeichnet gewesen. Englische Sender erinnerten an die Versenkung der *Lusitania* im Jahre 1915. Dies ohne auf das hinzuweisen, was inzwischen allgemein bekannt war, nämlich daß die *Lusitania* damals Kriegsmaterial geladen hatte. Ebenso wie die *Gösta Berling*.

Das neutrale Madrid meldete, angeblich habe der Führer getobt, als er von diesem Angriff erfuhr.

Wenn jetzt noch die Amerikaner behaupteten, das Schiff sei in amerikanischem Auftrag gefahren, dann würde es wohl Krieg mit den USA geben. Daran kam

Präsident Roosevelt nicht vorbei. Noch hatte niemand Beweismittel dafür in der Hand, daß das Lazarettschiff Hunderte von Tonnen Zusatzstoffe für den Bau der britischen Aerosolbombe an Bord hatte. Beweise gab es nur für die Lazarettversion.

Korvettenkapitän Nemok, der mit seinem Boot am weitesten östlich, etwa bei 36 Grad West 40 Nord stand, ging auf Gegenkurs und steuerte aus Gründen, die er zunächst nicht logisch erklären konnte, die Azoren an. Dort lief er die Küste hinauf und suchte die Westseite von São Miguel peinlich genau nach einem Rettungsboot der *Gösta Berling* ab. Er kannte die Ecke, er war schon einmal hier gewesen. Bald tauchte auch schon der Gipfel des Alto de Pico auf. Unweit davon hatten sie im Fels der Vulkanberge die Batterien der Wetterstation erneuert.

»Wie setzt der Strom?« fragte er den Obersteuermann.

»Aus Nordwest inselwärts.«

»Geschwindigkeit?«

»Je nach Tidenlage bis vier Knoten, Herr Kapitän.«

Blick in die Karte.

»Könnte immerhin sein«, murmelte Nemok, »daß ...«

Langsam wuchs die Insel höher aus der Kimm. Mit langsamer Fahrt blieben sie auf der Tiefenlinie 60 und suchten trotz Dunst den Strand ab.

»Wenn die Pinasse durchgekommen ist, müßte sie hier gelandet sein«, hoffte Nemok.

Sie fuhren eine Stunde lang weiter, ohne daß etwas in Sicht kam. Nemok wollte schon aufgeben, da meldete der Signalmaat, ihr Mann mit den besten Augen, einen weißen Gegenstand zwischen Strand und Wasser. Sie hielten darauf zu, soweit es ging.

»Das ist es.«

Nemok übergab dem I WO das Boot und ließ sich von II WO Leutnant Lutz an Land rudern.

Dort mußten sie wenigstens sechs Kilometer laufen, denn eine landeinwärts geschwungene Bucht verhinderte den direkten Weg. Doch was sie gegen Mittag fanden, entschädigte sie vollends. Um 45 Grad nach Backbord gekippt, halb auf dem Trockenen, lag eine weiße Motorbarkasse mit dem Namen *Gösta Berling II*. Sie suchten das Rettungsfahrzeug ab und fanden am Boden der Kajüte einen Mann in der Uniform eines Seeoffiziers. Am Ärmel trug er drei goldene Streifen, vermutlich der Erste Offizier. Er schien an der Brust verwundet zu sein, vielleicht durch einen Metallsplitter. Um ihn herum glänzte noch feuchtes Blut, gemischt mit der Nässe der Uniform. An einem Riemen um den Hals trug er eine lederne Mappe, die er mit der linken Hand krampfhaft festhielt. Der II WO Lutz entwand sie ihm und öffnete sie. Es handelte sich um die Schiffspapiere der Hochseeyacht.

»Mit den kompletten Ladedokumenten, Herr Kapitän. Kondossement et cetera.«

»Der Beweis«, bemerkte Nemok. »Wir nehmen sie mit. Das ist Gold wert.«

»Und den Mann, Herr Korvettenkapitän?«

Der Schwerverwundete hatte die Augen geschlossen, atmete flach und unregelmäßig. Nemok beugte sich über ihn. Bei der Augenprobe zog sich die Pupille des Verwundeten zusammen. Es konnte aber auch daran liegen, daß ein Sonnenstrahl durch das Bulleye hereinfiel.

Während Nemok tief über ihn gebeugt war, bewegte sich der andere. Er hatte die rechte Hand in der Manteltasche. Diese schien sich plötzlich zu einer Faust zu verkrampfen.

»Achtung!« schrie der WO und versuchte, seinen Kommandanten beiseite zu reißen.

Doch schon fiel der Schuß. Die Pistolenkugel kam aus der Manteltasche und fuhr ungehindert in Nemoks Bauch. Der Korvettenkapitän versuchte noch zu fluchen, als das Blut schon heiß aus der Wunde quoll.

Das ist es gewesen, dachte er, dein Glück ist aufgebraucht, Nemok, nur so wenige Kilometer von São Miguel entfernt, wo Sonja auf der Hazienda ihrer Tante wartet.

Der I WO versuchte, ihm mit irgend etwas einen Druckverband anzulegen.

»Vergessen Sie es, Lutz«, keuchte Nemok. »Ich schaffe die zehn Kilometer zum Boot nicht mehr.«

»Dann hole ich Hilfe.«

»Zu gefährlich«, entschied Nemok, noch klar bei Sinnen. »Das Boot könnte auflaufen. Zu seicht hier. Sie schaffen die Dokumente an Bord. Der I WO soll das Boot nach Osten bringen, immer weiter nach Hause, so weit das Wasser reicht. Und auf nichts einlassen, haben Sie verstanden? Auf nichts. Nur nur Kurs Lorient halten.«

»Ich lasse Sie hier nicht krepieren, Herr Korvettenkapitän«, beharrte der junge Offizier.

Das Sprechen fiel Nemok schon schwer. Er fühlte, wie auch seine Gedanken mit dem Blutverlust weniger präzise wurden.

Noch einmal richtete er sich auf und versuchte es

mit Kommandantenstimme: »Dies ist ein Befehl, Leutnant Lutz. Das einzige, was Sie noch für mich tun können – rufen Sie über Funk die Rettungsstation in Ponta Delgada mit Positionsangabe, wo zwei Schwerverwundete, gestrandete Seeoffiziere liegen. Und jetzt hauen Sie endlich ab, Mann!«

Der II WO nahm die Stufen an Deck. Als er die Kajüte verließ, wurde es richtig hell. Etwas blauer Himmel, etwas mehr Licht. Nemok glaubte noch die Schritte seiner Bordschuhe zu hören, wie sie die feinen kleinen Muscheln zertraten. Dann nur noch Dünungsrauschen.

Der verletzte Seeoffizier neben ihm atmete jetzt röchelnd. Auch Nemok fiel das Atmen schwer. Und er fror. Von seinen Füßen her wurde sein Körper kalt. Nach wie vor sickerte aus der Bauchwunde Blut. Wenn die Kugel die Bauchschlagader erwischt hatte, war es sowieso aus. Er versuchte, sich in sein Körperinneres zu vertiefen, in das, was dort vorging.

Wie lange hältst du das noch durch, dachte er, eine Stunde, bis Sonnenuntergang?

Da fing es bereits an, daß er nicht mehr in Minutenabschnitten denken konnte. Er wurde verdammt müde.

Woran sich seine letzte Hoffnung klammerte, dafür gab es keine logische Erklärung.

Sonja wußte nicht, daß er hier lag und sterben würde. Was hatte sie immer gesagt? »In deiner Nähe vergesse ich die Welt.«

Wie es aussah, vergaß die Welt aber auch ihn.

Irgendwann, es war schon Nacht, hörte er Stimmen von Männern in einer fremden Sprache …

Richard Woodman

»Action und Hochspannung vom Feinsten.«

THE OBSERVER

Die Romane um den mit allen Wassern gewaschenen Kapitän Macready und seinen alten Versorgungstender *Caryatid*:

Der Kapitän der *Caryatid*
3-548-25075-0

Die Wahnsinnsfahrt des Commissoners
Der Kapitän der Caryatid als Retter in höchster Not
3-548-25090-4

ULLSTEIN TASCHENBUCH